GOLDMANN

Brian W. Aldiss, 1925 in der englischen Grafschaft Norfolk geboren, begann seine berufliche Laufbahn als Buchhändler und arbeitete später als Redakteur und Filmkritiker. Er schrieb zahlreiche Science-fiction-Romane und wurde, nachdem er schon eine Reihe von Preisen erhalten hatte, 1970 als „weltbester Science-fiction-Autor der Gegenwart“ ausgezeichnet. Einen großen Erfolg hatte er ferner mit der dreiteiligen »Horatio-Stubbs-Saga«, deren erster Teil in diesem Band auf deutsch vorliegt. Auch Teil 2 und 3 sind als Goldmann-Taschenbücher erschienen:

Der aufrechte Soldat. Horatio
Stubbs' erotische Lehrjahre (9671)
Abenteuer auf Sumatra. Horatio
Stubb's erotische Wanderjahre (9670)

Brian W. Aldiss

Schule der Leidenschaft

Horatio Stubbs' erotisches Erwachen

Roman

Aus dem Englischen
von Michael Kubiak

GOLDMANN VERLAG

Deutsche Erstveröffentlichung

Titel der Originalausgabe: The Hand-Reared Boy
Originalverlag: Weidenfeld and Nicolson, London

Der Goldmann Verlag
ist ein Unternehmen der Verlagsgruppe Bertelsmann

Made in Germany · 2. Auflage · 2/91

Umschlagentwurf: Design Team München
Umschlagfoto: Susesch Bayat, Berlin
Satz: IBV Satz- und Datentechnik GmbH, Berlin
Druck: Elsnerdruck, Berlin
Verlagsnummer: 9672
Lektorat: Ursula Walther/MV · Herstellung: Ludwig Weidenbeck
ISBN 3-442-09672-3

Bevor Schwester Traven zum Tee zu uns kam, herrschte bei uns eine allgemeine Konfusion, und die Ursache dieser Konfusion war meine Mutter.

Sie huschte hierhin und sprang dorthin und versuchte mit dem, was sie »die leichte Hand« nannte, mich oder Beatrice zur Ordnung zu rufen – das heißt, sie gab Anweisungen in einem freundlichen Ton, an die man sich eher gehalten hätte, wenn sie mit normaler Stimme geäußert worden wären. »Nein, Beatrice, Liebes, wir werden nicht unsere üblichen Servietten auflegen, falls Sie nichts dagegen haben. Wir nehmen lieber die besonderen, nicht wahr, die aus Papier in der unteren Schublade der Anrichte. Oder soll *ich* sie lieber holen? Es ist wohl besser, wenn ich sie hole!«

Beatrice ließ sich nicht aus der Ruhe bringen. Sie war nun schon seit mehreren Jahren unsere Haushilfe und an Mutters Art gewöhnt. Sie war jetzt verheiratet und wohnte nicht mehr »im Haus«, doch sie kam immer noch vormittags zu uns, wenn eine ältere verheiratete Schwester sich um ihre wachsende Zahl von Kindern kümmerte. Heute hatte sie uns den Gefallen getan, auch am Nachmittag zu kommen – wie stets bei solchen besonderen Gelegenheiten. Während der allgemeinen Unruhe, die mit dem Aufdecken der Teetafel einherging, beobachtete ich sie voller Interesse. Ein ziemlich durchschnittliches Mädchen – nicht übel!

Wie treu ich doch bin, dachte ich. Da bin ich nun mit meinen siebzehn Jahren, und sie hat zwei schreckliche Blagen und muß mindestens schon um die fünfundzwanzig sein, und ich verehre sie noch immer ein wenig!

»Liebling, hast du deine Krawatte gefunden? Beeil dich lieber mit dem Anziehen, sonst ist sie schon vorher da, oder?«

»Meinst du wirklich, Mutter, es stört sie, wenn ich keine Krawatte trage?«

Mutter sah mich an und lächelte mühsam. »Sie hat sicherlich schon viele kleine Jungen ohne Krawatte gesehen, und ohne noch mehr sicherlich auch, Horatio! Aber sie ist, trotz allem, *dein* Gast, und ich finde, du könntest durchaus versuchen, mir ein wenig zu helfen.«

»Kleine Jungen« – das tat so weh, wie sie es wohl beabsichtigt hatte.

»Du wolltest sie kommen lassen, Mutter – nicht ich!«

»Mein Schatz, versuch wenigstens in diesem Moment nicht alles noch schlimmer zu machen, während ich mich bemühe, dir und Beatrice und Ann zu helfen. Du weißt genau, daß wir sie nur deinetwegen eingeladen haben. Sie ist deine Freundin, oder etwa nicht? Und eines Tages wird sie vielleicht auch uns zum Tee mit ihr und ihrer Familie in Traven House einladen.«

Während ich nach oben schlich, um meine Krawatte zu suchen, begegnete ich meiner Schwester, die gerade auf dem Weg nach unten war.

»Das ist das einzige, woran sie dauernd denkt – daß Schwester Traven uns zum Tee zu sich nach Hause bittet.«

»Ich werde nicht hingehen. Ich kann meine verflixten Schuhe nicht finden«, schimpfte Ann. Sie war dreizehn und damit in einem jener Lebensjahre, in denen man speziell Schuhe sehr gern verliert.

Sogar von meinem Zimmer aus konnte ich sie mit Mutter lautstark diskutieren und schimpfen hören. Sie war viel besser bei Stimme als ich.

Als ich vollständig angekleidet war, mit Krawatte und allem, was dazu gehörte, setzte ich mich und zwang mich, in einem Magazin zu blättern. So fand Mutter mich vor, als sie nach oben kam.

»Fertig, Liebling? Warum gehst du dann nicht hinunter und erwartest unseren Gast? Das wäre doch das Beste, oder? Ich kümmere mich noch einmal um meine Frisur – ich muß ja furchtbar aussehen! Ich bin ja schon völlig schachmatt, ehe sie überhaupt hier ist. Ich hoffe nur, daß sie nicht zu kritisch ist! Ich wünschte, Daddy hätte in dem Zimmer die Verdunkelung noch richtig in Ordnung bringen können.«

»Du siehst blendend aus, Mutter.«

»Danke, mein Lieber.« Sie kam zu mir, umarmte mich und gab mir einen Kuß auf die Wange. »Du bist ein guter Junge, mein Lieber, ein wirklich guter Kerl. Beeil dich nicht zu sehr mit dem Erwachsenwerden, hörst du? Komm, ich zieh' dir den Schlips gerade. Ich bin froh, daß du ihn noch gefunden hast. Jetzt wäre es mir doch lieber gewesen, ich hätte mir Tante Nells Teeservice geborgt.«

»Warum? Ist unseres denn zerbrochen?«

»Du weißt doch, wie schäbig und angestoßen es schon ist.« Sie trat zurück und betrachtete kritisch meine Krawatte. »Deine Hemdenkragen sitzen nie richtig. Ich bin sicher, in Traven House gibt es wunderschönes Teegeschirr, glaubst du nicht? Du meintest, ihr Vater sei Admiral?«

»Konteradmiral.«

»Gut. Und nun geh hinunter, Liebling. Ich bringe mein Haar in Ordnung und komme in einer Minute nach. Und, Horatio...«

»Ja, Mutter?«

»Bemüh dich, so zu sprechen, daß man nicht merkt, daß wir aus Leicestershire kommen.«

»Ich werd's versuchen, Mutter.«

Während ich das Magazin einrollte und ein Ende in meine Hosentasche zwängte, ging ich hinunter und leistete meiner Schwester Gesellschaft. Wir saßen jeder an einem Ende des Sofas.

Sie machte mir keine Vorwürfe wegen unserer gegenwärtigen Unbequemlichkeiten, und dafür war ich ihr dankbar. Sie spielte Schach gegen sich selbst, wie Vater es ihr beigebracht hatte.

Ebenso wie ich kaute Ann ein Catchou. Mutter gab uns diese Pillen gegen Mundgeruch bei solchen nervenaufreibenden Anlässen wie diesem, wenn wir jemand Bedeutendem präsentiert werden sollten. Vielleicht steigerten sie tatsächlich unseren Charme, obgleich ich mich nicht daran erinnern kann, daß unser Atem aufgefrischt werden mußte.

Bei diesen Gelegenheiten nahm auch Mutter immer ein Catchou, wenn sie sie aus einer kleinen Pappschachtel holte. Ich liebte ihren aufdringlich aromatischen Geschmack, selbst wenn sie angespannte Nerven und gerade gezupfte Krawatten bedeuteten.

Meine Mutter war eine hochgewachsene schlanke Frau, mehrere Zentimeter größer als mein stattlicher Vater. Er war imposant, wohingegen sie eher einem Vogel glich. Er war dafür bekannt – wenngleich ohne es verdient zu haben –, daß er sich niemals aufregte; sie – was schon eher zutraf – galt als leicht aus der Ruhe zu bringend. Unser Arzt hatte viel frische Luft als Stärkungsmittel für die Nerven meiner Mutter empfohlen, und während dieser Phase meines Lebens war sie ständig unterwegs – sie spazierte durch die Straßen und die umliegende Landschaft, manchmal zusammen mit Ann und, was seltener geschah, mit mir und meinem Vater, der ständig ein gutes Stück zurückhing.

»Du kommst noch zu deiner eigenen Beerdigung zu spät!« rief sie ihm dann immer zu. Vater, der einen Hang zu ausgeprägten Albernheiten hatte, suchte dann immer mit übertriebener Gestik und Mimik die Straßen und Wege nach dem Leichenwagen ab.

Der Gast, dessen Erscheinen wir im Augenblick so gespannt hinter unseren wohlriechenden Schutzwällen erwarteten, war die Krankenschwester meiner Schule, Miss Virginia Traven. Ich sage »meine Schule«, doch zu diesem Zeitpunkt hatte ich entschieden, daß die Schule, soweit es mich betraf, vorüber und vergessen war.

Für diese Entscheidung gab es mehrere Gründe, deren wesentlichster war, daß ich gerade meine Männlichkeit entdeckte und daß dies ein günstiger Zeitpunkt war. Es war Mitte September 1939, als Großbritannien sich seit etwa vierzehn Tagen mit Nazi-Deutschland im Kriegszustand befand. Mein älterer Bruder, Nelson, war soeben zur Armee verschwunden und quälte sich – wie aus dem einzigen Brief hervorging, den wir bisher von ihm erhalten hatten – in einer Kaserne in Aldershot herum. Beatrices Ehemann, ein stämmiger junger Mann, der einmal in der Woche unseren Wagen wusch, befand sich angeblich auf der Salisbury Plain in einer Infanterieausbildung. Mein Vater schlug sich gerade mit den Qualen der Unentschiedenheit herum, ob er sich freiwillig melden sollte oder nicht und wie die Bank reagieren würde, wenn er es täte. Und ich saß auf dem Sofa und pulte Schwielen von meinen Händen, die sich dort gebildet hatten, als ich riesige Erdhaufen auf den Luftschutzbunker in unserem Garten geschaufelt hatte.

Die Türglocke schlug an. Meine Mutter rief von oben: »Da ist sie schon!«

Beatrice ging an die Haustür. Gegen Mutters Anweisung folgte ich ihr. Ich beabsichtigte, vorher ein paar private Worte loszuwerden.

Die Schwester kam graziös herein, bekleidet mit ihrem abgetragenen, aber sauberen hellen Tweedmantel. Sie lächelte mich mit leicht geneigtem Kopf an und schob schnell ihre kleine Hand in meine. Etwas leuchtete in ihrem Gesicht auf, als sie sah, wie ich sie anstrahlte.

»Ich hoffe, du langweilst dich nicht zu sehr«, flüsterte ich. Mutter kam bereits die Treppe herunter und gab dabei seltsame Laute von sich, die die Begrüßung einleiten sollten. Ich trat für die formelle Begrüßungszeremonie zurück.

Die Mahlzeiten haben sich seitdem verändert. Soweit es die Familie der Stubbs' betrifft, setzte ihre Veränderung zu genau diesem Zeitpunkt ein. Vielleicht war dies die letzte der ziemlich aufwendigen Teestunden, die meine Mutter so gern für ihre Freunde und Freundinnen ausrichtete, bei denen sie am Kopf der Tafel saß – die Teekanne und das notwendige Zubehör auf einem zusätzlichen Klapptisch neben sich –, heiter über alles und jeden redete, jeden ihrer Gäste nacheinander ansprach, damit niemand sich zu wenig beachtet fühlte, und ab und zu innehielt, um Beatrice halblaut irgendwelche Anweisungen zu geben.

Meine arme Mama! Sie fühlte sich immer in der Vergangenheit am wohlsten, und dieser Anlaß war mehr ein Versuch, das Rad der Zeit anzuhalten als den Besucher zu beeindrucken. Während der vor kurzem erfolgten Kriegserklärung hatten Jungen in meinem Alter die Veränderungen bereits geahnt und davor gezittert; die Generation meiner Mutter reagierte sicherlich genauso – nur war ihr Zittern weitaus weniger angenehm als das unsere.

Vielleicht beschloß sie aus diesem Grund, mit der Krankenschwester zu reden, als gehörten sie der gleichen Generation an. Ich muß jetzt zugeben, daß sie weniger als zehn Jahre auseinander lagen, doch dieser Abstand erschien damals wie eine Ewigkeit.

Bei Fruchtgelee und Sahne, dünnen Scheiben Honigbrot und Butter, Konfitüre in silbergefaßten Glasschüsseln, Bisquit- und Obstkuchen, Krapfen und Keksen und Schokoladeneclairs, die eigentlich nur für Ann auf dem Tisch standen, sprach Mutter angeregt über die Zukunft der Schwester, von der sie noch weniger wußte als ich.

»Ich muß schon sagen, daß es ganz schön mutig ist von Ihnen, eine sichere Stellung aufzugeben und sich zur Armee zu melden! Es wird eine schöne Zeit für Sie werden, mit vielen Freunden und Verehrern! Oh, ich kann es mir gut vorstellen!«

»Ich hoffe, in Frankreich stationiert zu werden«, sagte die Schwester.

»Das wäre wirklich wunderschön! Fahren Sie mal nach Paris! Eine bezaubernde Stadt. Notre-Dame! Die Boulevards! Robert und ich, wir *lieben* Paris, vor allem im Frühling...«

»Ihr wart doch nur einen Tag dort, Mutter!« meinte Ann.

»Einen wundervollen Frühlingstag – iß dein Honigbrot

mit Butter, wie es sich gehört, Ann, und sitz gerade! Paris wird Ihnen gefallen, Schwester, da bin ich ganz sicher.«

»Ja, das tut es, sehr sogar. Ich habe dort Bekannte.«

»Sicherlich familiäre Verbindungen, nicht wahr? Ich nehme an, Sie kennen die meisten Hauptstädte Europas... ich würde auch gern für meine alte Heimat meine Pflicht tun, aber ich bin nicht so frei und ungebunden wie Sie – drei Kinder und ein Ehemann...«

»Du willst Nelson doch nicht ernsthaft noch ein Kind nennen, Mutter?« sagte ich. »Er ist in der Armee und hat sich einen Schnurrbart wachsen lassen.«

Mutter lächelte mich an und streckte die Hand aus. »Reich mir die Tasse, wenn du noch Tee haben willst. Beatrice, ich glaube, wir brauchen noch etwas heißes Wasser... Nelson sieht mit dem Schnurrbart so dumm aus, Schwester! Sie haben ihn natürlich noch nie gesehen. Sie werden schon dafür sorgen, daß er ihn abrasiert. Er ist in Aldershot; Robert war dort während des Weltkriegs stationiert. Er wird immer mein Kind sein, auch wenn er sechzig ist. Ich hoffe, er macht seinen Weg in der Armee. Ihre Familie hat doch sicherlich auch Angehörige in der Armee, oder nicht, Schwester?«

Ein kleiner Fuß trat mich unter dem Tisch, und Ann schnitt mir über den Rand ihrer Tasse hinweg eine Grimasse; wir konnten fast körperlich spüren, wie Mutter alles daran setzte, daß das Wort »Admiral«, das dieses Geplauder aufwertete, in der Luft über der Teetafel zu lesen war.

»Versuch, wie eine Dame aus deiner Tasse zu trinken, Ann«, sagte Mutter, die das Geplänkel bemerkt hatte. »Sind welche beim Militär, Schwester?«

Die Schwester saß am Tisch und aß geziert und hatte den ganz eigenen Anflug eines Lächelns auf den Lippen. Mir kam sie in diesem Moment eher wie eine gehorsame junge Tochter vor, außer daß ihr Gesicht schon erste winzige Falten aufwies. Ihr kurzes Haar mit einigen hellen Strähnen dazwischen war ordentlich frisiert und hübsch. Sie war so – nun, man konnte erkennen, daß sie der gehobenen Schicht entstammte.

»Mein Vater und sein Bruder waren in der Navy.«

»Oh, die Navy, die Kriegsmarine! Und wie ich annehme, waren sie dort beide sehr erfolgreich, nicht wahr? Ich schneide Ihnen noch ein Stück von dem Bisquitkuchen ab.«

»Erfolgreich würde ich nicht gerade sagen. Der Bruder meines Vaters, der arme Onkel David, ertrank.«

»Sie armes Ding! Das tut mir ja so leid. Horatio hat es nie erwähnt.«

»Ich wußte es auch nicht«, verteidigte ich mich. »Ich habe niemals etwas von diesem Onkel David gehört.«

»Natürlich haben Sie das nicht«, sagte die Schwester und schickte mir ein verstohlenes Lächeln. »Es war wirklich eine Tragödie. Es passierte 1917. Ich war ganz verrückt nach meinem Onkel, obwohl ich noch ein kleines Mädchen war. Er war so mutig und so gutaussehend. Sein Schiff wurde im Atlantik von einem deutschen U-Boot versenkt. Er hat unglaublich lange im Wasser getrieben, nur an einen Balken geklammert. Am Ende fischte ihn ein britisches Handelsschiff auf, und – können Sie sich das vorstellen? – er war noch keine Stunde an Bord, da wurde auch dieses Schiff von einem U-Boot mit einem Torpedo getroffen. Es ging sofort unter, mein Onkel mit ihm.«

»Krieg ist etwas Schreckliches«, sagte Mutter und ließ eine Kuchenplatte herumgehen.

»Wir werden die Deutschen bald besiegen«, behauptete ich. »Ihre Panzer sind aus Pappe gebaut. Der Rektor hat das erzählt.«

Eine Pause entstand, die mit stummem Patriotismus und Obstkuchen gefüllt wurde.

»Aber Ihr Vater lebt noch, und es geht ihm gut, wie ich hörte«, sagte Mutter.

Die Krankenschwester nickte. »Er ist Konteradmiral. Natürlich pensioniert. Nun spricht er davon, Traven House zu schließen und sich wieder vor den Karren spannen zu lassen, wenn die Admiralität ihn haben will.«

Wir alle lächelten. Mutter sagte: »Konteradmiral... Es ist

schade, daß nach und nach viele unserer alten Familiensitze geschlossen werden müssen.«

Vater hatte sich über das Zuhause der Schwester informiert und in einem alten Baedeker nachgeschlagen. Dort stand: »3 Meilen weiter NO, *Traven House,* georgianisch, besonders schöne viktorianische Orangerie, einstmals der Sitz von Sir Francis Traven, Gouv. der Massachusetts Bay, 1771-9.« Wir waren alle entzückt und fragten uns, ob die Nachkommen von Sir Francis dort noch immer Orangen anbauten.

»Haben Sie irgendwelche Geister im Haus?« fragte Ann. »Ich hätte eine entsetzliche Angst! Haben Sie alte Befestigungen, auf denen gespenstische Erscheinungen in klirrenden Rüstungen umhergehen?«

Die Krankenschwester lachte, eine überaus reizende Reaktion. »Nein, keine Gespenster, keine Burgzinnen.«

»Aber Horry hat mir erzählt...«

»Iß deinen Kuchen«, sagte ich. »Wenn du nur an ein Gespenst denkst, hast du doch schon furchtbare Angst.«

»Hänsle sie nicht, Horatio, und streich dir die Haare aus den Augen. So ist es besser!«

»Mutter und ich würden Sie gerne mal in Traven House besuchen«, sagte Ann.

Unser Gast sah sie etwas schräg an. »Ich fürchte, ich werde nicht mehr lange zu Hause sein, Ann, sonst hätte ich euch beide sicherlich gerne herumgeführt.«

Die Worte schnitten tief in mein Herz. Obgleich ich weiterhin düster meinen Kuchen kaute, verkrampfte ich mich innerlich. Sie durfte nicht weggehen! Ich brauchte sie. Ich liebte sie. Sie konnte einfach nicht ermessen, was sie mir antat, sonst würde sie niemals weggehen.

Vier Frauen befanden sich mit mir in einem Zimmer. Meine Mutter ausgenommen, hatte ich mit allen anderen sexuelle Beziehungen. Aber mein Sehnen galt im Augenblick der Schwester, voll und ganz der Krankenschwester, nur ihr unter allen Frauen dieser Welt.

Sollte ich aufstehen und meine Gefühle kundtun? Würden sie mich auslachen? Was würde Mutter sagen? Aber Mutter, die sich eine letzte Tasse Tee eingeschenkt hatte, machte gerade ihren üblichen Partyspaß und deklamierte irgendein Gedicht, das sie als Kind mal gelernt hatte.

»Oh, ich könnte stundenlang Gedichte aufsagen! Ich sage Ann und Horatio immer wieder, sie sollten mehr Lyrik lesen. Lesen Sie Gedichte, Schwester?«

Die Schwester gab darauf eine passende Antwort.

Nach dem Tee verschwand Ann, um in ihrem Zimmer zu spielen. Ich blieb noch, während Mutter sich mit meinem Gast unterhielt.

»Nun, mein Lieber«, sagte sie schließlich und wandte sich an mich. »Hol Schwester Traven mal deine neuesten Bilder. Er ist tatsächlich ein vielversprechendes Talent.«

»Ich habe keins mehr gemacht, seit ich unseren Gast das letzte Mal gesehen habe.«

Lächeln, Kopfschütteln. »Er hat mehrere fertig bekommen, Schwester. Er ist viel zu bescheiden, wenn es um seine Kunst geht. Ich bin ein großer Bewunderer der englischen Künstler, Gainsborough und Hogarth und all die anderen.« Aus irgendeinem Grund sprach sie Hogarth aus, als würde der Name mit zwei Gs geschrieben: Hoggarth.

»Es heißt ›Hogarth‹, Mutter. Mit nur einem G.«

»Ich weiß, wie Hogarth geschrieben wird, Liebling. *Und* wie er ausgesprochen wird. Ein feiner Künstler. Wir hatten früher mal einen Metzger bei uns zu Hause, der auch Hogarth hieß. Wie dem auch sei, Schwester, es war sehr lieb von Ihnen, sich so aufmerksam um Horatio zu kümmern und mit ihm auszugehen, wie Sie es getan haben...«

Das traf noch weit mehr zu, als sie ahnte. Ich beobachtete die Schwester, als sie sich erhob, um sich zu verabschieden; wenn man ganz ehrlich war, hatte sie eigentlich keine besonders aufregende Figur. Aber ich konnte ihre Brüste unter dem Jumper erkennen, und ich wußte, wie reizvoll sie waren, wie rosig die Warzen, wenn man sie vorsichtig aus dem Büstenhalter löste... Sachte, du dummes Schwein, sonst bekommst du noch einen hoch...

Wir standen alle auf. Mutter strich eine Haarlocke an meinem Hinterkopf glatt und drückte mich dann liebevoll an sich.

»Ich sage ihm immer, wenn er ein Mädchen wäre, würde ich diese Strähne festbinden. Sie regt mich immer wieder auf! Aber er ist ein guter Junge. Manchmal muß ich mich selbst tadeln, weil ich ihn so sehr vernachlässige, diesen lieben Kerl. Ja, ich habe mit meinen Kindern sehr viel Glück gehabt.«

»Oh, nicht schon wieder, Mutter! Das sagt sie nämlich zu jedem, Schwester. Sie vergißt, was für kleine Monster wir waren.«

»Das waren Sie bestimmt«, sagte die Schwester und lächelte. Es erstaunte mich damals, daß sie überhaupt nicht abgestoßen war, nachdem sie miterlebt hatte, daß ich wie ein kleines Kind behandelt wurde.

»Wenn er früher als Kind weinte, wurde sein Vater so wütend, daß er mit ihm ans Fenster ging und ihm drohte, ihn hinauszuwerfen, wenn er nicht aufhörte. Aber im großen und ganzen war er ein braver Junge. Nun, Schwester, es war richtig nett... Horatio, hol Schwester Travens Mantel, wo sind deine Manieren geblieben? Ja, ich hoffe aufrichtig, daß wir Sie bald einmal wiedersehen...«

Während wir zur Tür gingen, schaffte ich es, zuerst dort zu sein. Ich öffnete sie und trat halb hinaus, ehe ich sagte: »Mutter, ich fahre mit der Schwester nur ein Stück mit. Ich muß ihr noch etwas sagen.«

»Sag es ihr doch jetzt – du warst sowieso die ganze Zeit so still.«

»Nein, es ist schon gut. Ich erzähle es ihr unterwegs. Bei der Gelegenheit kann ich auch bei William vorbeischauen. Ich bleibe nicht lange weg.«

»Ja, ist gut, mein Lieber. Aber bleib wirklich nicht zu lange. Dein Vater kommt bald nach Hause.«

Während die Schwester und ich die fünf geweißten Stufen

hinunter und über den Gartenweg gingen, nahm ich ihren Arm und geleitete sie zum Automobil. Mutter stand in der Haustür und winkte uns nach; ich hoffte, sie hatte meine Geste verstanden.

»Laß uns zum Friedhof fahren.«

»Du darfst nicht lange wegbleiben.«

Es war wie immer sehr still in der Straße, die am Friedhof entlangführte. Sie blieb an einem geeigneten Platz stehen, wo es nicht so schmutzig war. Wir wandten uns einander zu und sahen uns an. Nichts an ihr ließ erkennen, daß sie die gleichen Qualen durchgemacht hatte wie ich.

Wir küßten uns. Nicht gerade ein leidenschaftlicher Kuß – ich wußte, daß ich so etwas von ihr um diese Tageszeit kaum erwarten durfte; die leidenschaftlichen und sogar die zarten, die ihre Methode darstellten, ihre eigene Stimmung und Bereitschaft zu testen, gab es erst nach Einbruch der Dunkelheit. Aber es war gewiß ein liebender Kuß. Erneut staunte ich darüber, daß sie durch Mutters gezielte Demonstration, daß ich noch ein Kind war, nicht abgeschreckt worden war.

»Du warst sehr nett zu Mutter«, sagte ich schließlich.

»Sie war auch nett zu mir.«

Dieses Thema sollte ich lieber nicht weiterverfolgen! Ich fragte sie, ob wir ein wenig herumfahren könnten, bis es dunkel war. Sie wußte, was ich meinte.

»Ich muß zurück nach Traven House, Lieber. Der Anwalt unserer Familie kommt heute abend zu uns, um mit mir über einige wichtige Angelegenheiten zu sprechen. Ich habe verschiedene Wertpapiere und anderen Besitz und nicht allzu wertvollen Schmuck, den ich in seine Obhut geben möchte, bis der Krieg vorüber ist.«

»Mein Gott, wie wünsche ich mir, daß du nicht weggehst, Virginia!« Ich strich mit den Händen über ihren Körper, aber das ließ sie an diesem halbdunklen öffentlichen Ort nur bis zu einem gewissen Grad zu. In einem abgeschlossenen Zimmer war das etwas ganz anderes. Einmal abends nach Einbruch der Dunkelheit hatte sie zugelassen, daß ich sie auszog, und ich hatte meine Hände über ihren ganzen Körper wandern lassen, und dann schob ich einen Finger in ihre Muschi und fing an, sie sanft zu massieren und zu drücken. Dieses kleine, geheime wundervolle Organ! Aber so etwas kam bei dieser Gelegenheit natürlich nicht in Frage.

Sie hatte dafür gesorgt, daß ich erwachsen wurde, hatte mir die Augen dafür geöffnet, daß es noch andere Dinge gab als nur die schnelle, hastige Befriedigung – niemals hätte ich gewagt, sie zu bitten, mich anzufassen und zu reiben, wie ich es vielleicht bei einem anderen Mädchen getan hätte; denn Virginia verhalf mir zu unerhörten Erkenntnissen über Sexualorgane – Erkenntnissen und Vorstellungen, mit denen ich mich nur widerstrebend auseinandersetzte, da sie sich grundlegend von dem unterschieden, was ich vorher gelernt hatte: Sie zeigte mir, daß auch Liebe dazugehörte und daß gegen die immer wiederkehrende Isolation des Lebens der hastig ausgelöste Orgasmus nicht das einzige Gegenmittel war.

Sie hielt meine Hände fest.

»Es ist Krieg... Menschen werden voneinander getrennt. Das habe ich im letzten Krieg erfahren müssen, als ich noch jünger war als du.«

»Ich kann es nicht ertragen, von dir getrennt zu sein, Virginia, Liebling! Wir haben doch gerade erst angefangen, uns besser kennenzulernen.«

Sie sah mich forschend an, dann meinte sie so leise, daß ich sie kaum verstehen konnte: »Du kannst mir ja immer an meine Adresse in Nottingham schreiben. Noch fahre ich ja nicht nach London... Und, Horatio – eines muß ich dir sagen... Du kennst mich wirklich nicht.«

Ich legte meinen Kopf auf ihre Schulter.

»O Virginia, aber ich möchte es doch, ich möchte dich besser kennen. Du bist so wunderbar, und ich liebe dich so sehr.«

Sie sagte nie, daß sie mich liebe. Aber sie streichelte meine Wangen und sah mich auf eine für sie schon fast wilde Art und Weise an.

»Virginia, ich möchte alles von dir wissen...« Der ewige

Schrei der Liebenden. Am Ende war es so, daß ich sie, je mehr ich sie kennenlernte, schließlich verlor.

»Du süßer Kerl, du bist ein richtiges Kind!«

»Das hast du noch nie zu mir gesagt. Warum jetzt? Ich weiß, daß du mich damit nicht beleidigen willst – wie Mutter, wenn sie mich ein Kind nennt. Aber ich bin dieses Kindsein leid. Das habe ich hinter mir, ich hasse es! Es ist so unerquicklich – du hast es mir gezeigt – mein Gott, du hast mich daraus befreit!«

Die Worte blieben mir fast im Hals stecken. Wir saßen in diesem ungemütlichen Wagen, umarmten uns und sahen uns an. Sie hatte niemals gesagt, daß sie mich brauche, aber dessen war ich mir eigentlich immer sicher gewesen. Ich wußte, daß sie mich brauchte; das war einer der Punkte, die ich verstand, ohne daß es dazu irgendwelcher Worte bedurft hätte.

Wir trennten uns dort neben dem schrecklichen alten Friedhof, auf dem mein Großvater erst kürzlich beerdigt worden war. Ich kehrte zu Fuß zurück, hatte die Hände tief in den Taschen vergraben und redete in einem fort vor mich hin: »Scheiße, o Scheiße, eine Scheiße ist das alles, das Ganze ist eine einzige große Scheiße!«

Und während ich marschierte, erkannte ich, daß meine Kindheit endlich abgeschlossen werden konnte, wenn ich es wirklich wollte. Aber wollte ich es? Was gehörte dazu, erwachsen zu sein? Das wußte ich nicht. Was hatte dazu gehört, ein Kind zu sein?

Alles war sehr rätselhaft. Auf jeden Fall hatte es keinen Mangel an Sex bedeutet. Ich wurde mit den Freuden der Masturbation schon früh vertraut gemacht und habe es seitdem nicht bereut. Man könnte sagen, daß ich ein hand-erzogener Junge war. Vielleicht hätte ich mich deswegen schämen sollen; ich tat es aber nicht. Die Leute gaben damals vor, in Sachen Sex so furchtbar aufgeklärt zu sein; sie redeten freizügig über den Geschlechtsakt und ähnliche Themen, über Ehebruch und Homosexualität und lesbische Liebe und Abtreibungen. Aber niemals über Masturbation. Und dabei ist die

Masturbation die am weitesten verbreitete Form sexueller Aktivität, und sich einen runterzuholen war das billigste und harmloseste Vergnügen.

Mit zunehmendem Alter entdeckte ich natürlich nach und nach elegantere Vergnügungen.

Kurz vor meiner Geburt wurde mein Vater zum Zweigstellenleiter der Barclays Bank Ltd. in den East Midlands befördert. Damals, Anfang der zwanziger Jahre, war es eine kleine langweilige Stadt, während es jetzt eine große langweilige Stadt ist. Aus Gründen, die mir entfallen sind, zogen wir nicht in die Wohnung, die uns von der Bankdirektion angeboten wurde, sondern mieteten statt dessen ein großes Haus am Rand der Stadt, das früher, in einer wirtschaftlich besseren Zeit, vor einem runden Jahrhundert, als der Postkutschendienst in voller Blüte stand, ein Gasthaus gewesen war.

Eine meiner ersten Erinnerungen ist der Biergeruch, der aus dem Fußboden unseres Wohnzimmers aufstieg, sobald er von der Sonne beschienen oder der Raum geheizt wurde – uraltes Bier, das jahrzehntelang ins Holz gedrungen war und das niemals wieder herausgeholt werden konnte, so sehr meine Mutter ihre Hausangestellten immer wieder mit Bohnerwachs hantieren ließ. Ist es möglich, daß ich von diesen verderblichen Düften vergiftet wurde, wenn ich als Kind auf dem Fußboden lag? Hatten diese Düfte etwa einen störenden Einfluß auf meine kindlichen Moralauffassungen gehabt? Besonders kluge Leute würden das wahrscheinlich bejahen. Jedoch glaube ich, daß eher die Hausmädchen für meine Mängel verantwortlich gemacht werden müssen!

Von diesen Hausmädchen, speziell von Beatrice, werden wir später noch zu reden haben. Zuerst muß ich die Familie schildern.

Mein Vater war ein kleiner und reservierter Mann. Er konnte sehr kalt und sarkastisch sein, und zwar zu seiner Frau genauso wie zu seinen Kindern. Er hatte Angst vor seinem Vater, meinem Großvater, bis zu dem Tag, an dem der alte Mann starb, und ich glaube, daß diese Beziehung sehr viel dazu beigetragen hat, ihm seine Lebensfreude zu nehmen. Wenn mein Großvater und meine Großmutter uns besuchten und längere Zeit bei uns blieben, wie sie es häufig taten, litten meine Eltern sehr.

Meine Mutter war sehr schlank und anhänglich und stets bemüht, die Aufmerksamkeit auf sich zu ziehen. Wenngleich auch alles andere als leidenschaftlich, forderte sie von ihrer Familie ständige Liebe und gab sie ihr in großen Schüben zurück. Selbst sehr launisch, bedeutete es das höchste Lob für andere Menschen, wenn sie feststellte: »Soundso hat sich gar nicht verändert!« Sie verwöhnte mich oft und schenkte mir ein hohes Maß an Zuwendung, während mein Vater mir praktisch überhaupt nichts in dieser Richtung zukommen ließ. Dennoch habe ich nie daran gezweifelt, daß er mich aufrichtig liebte, ebenso wie ich, bereits in bemerkenswert frühen Jahren, daran zweifelte, daß sie mich überhaupt liebte.

Mein älterer Bruder, Nelson, wurde 1920 geboren. Er war hochgewachsen und schlank und dunkelhaarig, während ich eher rundlich und hellblond war. Ich hatte ihn immer bewundert, und er duldete mich mit einer, nach meiner Auffassung, unendlichen Gutmütigkeit. Er schlug mich sehr oft, wie es, so nehme ich an, größere Brüder immer tun. Er liebte Tiere und versuchte einmal, eine tote Katze mit Sägespänen auszustopfen – sein einziger Ausflug in die Gefilde der Taxidermie. Nelson war ein recht cleverer Junge, clever genug, um immer ein bißchen aufmüpfig zu sein; insgeheim beabsichtigte er, Architekt zu werden, und zeichnete phantastische Gebäude in einem Alter, in dem ich gehorsam dem Rat meines Vaters folgte, ins Bankgeschäft einzusteigen und »mich hochzuarbeiten«.

Ich kam drei Jahre nach meinem Bruder zur Welt, wobei ich meine Fäuste – wie die Hebamme beteuerte – vor die Augen preßte. 1923 war kein gutes Jahr, um geboren zu werden. In England streikten die Hafenarbeiter und in Amerika die Bergleute in den Kohlegruben. Die Franzosen besetzten das

Ruhrgebiet, Hitler war in München aktiv und konnte dank der Probleme Deutschlands im Untergrund seinen Aufstieg vorbereiten. Die Szene für meine spätere und banale Kindheit war bereits vorbereitet. An dem Tag, an dem ich das Licht der Welt erblickte, ereignete sich in Japan ein heftiges Erdbeben.

Meine Mutter hatte stets eine geheime Angst vor mir. Ich sage »geheim«, aber eine Mutter hat vor der jungen Unschuld, die gelangweilt und offensichtlich blind für die Vorgänge in ihrer Umgebung an ihrer Schürze zerrt, weit weniger Geheimnisse, als sie sich vorstellt. Die Art und Weise, in der sie mit übertriebener Freundlichkeit die Handelsvertreter abfertigte, die Art, mit der sie den Menschenschlangen aus dem Weg ging, die sich in den Midlands um Sozialhilfe anstellten – und vielleicht noch subtiler und trotzdem eindeutiger die Art und Weise, mit der sie all ihre Bitten und Nettigkeiten gegenüber Vater verbrämte –, verrieten ihre tiefe Furcht vor allem Männlichen. Obgleich ihre beiden Eltern schon lange, bevor ich schreiend die Bühne betrat, gestorben waren, mußten sie wohl in jeder Hinsicht ein einzigartiges Paar gewesen sein; ihr Vater, an dessen alter Farm wir oft in unserem kleinen schwarzen Automobil vorbeifuhren, war ein typischer Tyrann viktorianischer Schule gewesen. Zweifellos hatten er und der abschreckende Unsinn, mit dem er das Gemüt eines kleinen Mädchens füllen konnte, ausgereicht, um ihr eine lebenslange Angst einzupflanzen.

Ehen, wie man mir als Kind erklärte, werden im Himmel geschlossen. Tatsächlich werden sie anschließend in einem winzigen düsteren, verrammelten und nicht aufzufindenden Raum im Gehirn begründet, wo irgendein boshafter, durchtriebener, kleiner, buckliger Giftzwerg von einem Kobold dafür sorgt, daß wir den Ehepartner bekommen, den wir *tatsächlich* wollen – was immer wir meinen, was wir wollen, und ganz gleich wie sehr wir uns später gegen seine Auswahl auflehnen.

Ich glaube, daß meine Mutter, so sehr sie auch unter der Kälte und der sarkastischen Art meines Vaters litt, ihn deswegen erwählt hatte, weil er sehr reserviert war und »sie nicht allzu sehr belästigte«.

Da ich nicht viel von Psychoanalysen halte, erspare ich mir lieber weitere Erklärungen. Es ist durchaus vernünftig zu versuchen, unsere Eltern zu verstehen; es gehört zu dem Prozeß der Selbstfindung. Soweit Freud dem gesunden Menschenverstand hilft, ist er mir durchaus willkommen. Ich glaube, er hätte sicherlich bestätigt, daß sich meine Mutter, aus welchem Grund auch immer, in Gesellschaft ihrer eigenen Geschlechtsgenossinnen wohler gefühlt hat.

Aus diesem Grunde wünschte sie sich auch sehnlichst eine Tochter. War Nelson schon eine Enttäuschung gewesen, so war Horatio eine noch größere. Ihres Zeichens nicht gerade ein mathematisches Genie, muß sie irgendwie geglaubt haben, daß die Wahrscheinlichkeit, als zweites Kind ein Mädchen zu bekommen, doppelt so groß war wie beim erstenmal. Mein Vater, der Bankier, hätte sie durch einen kleinen Abriß der Wahrscheinlichkeitstheorie eines Besseren belehren können, tat es aber typischerweise nicht. Mutter erlitt das, was euphemistisch als »Nervenzusammenbruch« bezeichnet wurde, und brauchte mehrere Monate, um sich davon zu erholen. Vielleicht war es ein Akt der Rache dafür, daß sie mir meinen unseligen Vornamen verpaßten, den ich trage, oder vielleicht, wäre ich ein Mädchen gewesen, hatten sie vorgehabt, mich Emma zu nennen; wenn mein Vater überhaupt mal ein Buch las, dann handelte es von britischen Helden – vorzugsweise von Nelson.

Wie dem auch sei, Mutter wollte sich das neue Kind nicht ansehen, oder ihr wurde vom Hausarzt empfohlen, es nicht zu betrachten. Eine Amme wurde für den kleinen Jungen gesucht, und er verbrachte die ersten beiden Monate seines Lebens in deren Haus.

War es vielleicht diese frühe Verbannung, die die sexuellen Waagschalen aus dem Gleichgewicht brachte? Das frage ich mich... allerdings nicht mehr so inbrünstig.

Die Legende berichtet, daß mein Vater jeden Abend nach

Bankschluß vorbeikam, um sich seinen zweiten Sohn anzusehen und sich zu überzeugen, daß die Amme sich auch ausreichend um ihn kümmerte. Diese Handlungsweise war eigentlich nicht typisch für meinen Vater, wohingegen die Geschichte durchaus den Erzählungen meiner Mutter entspricht.

Wie sie damals litt, ist nirgendwo verzeichnet – wie es mit den meisten Leiden der Fall ist. In der Zeit danach konnte sie sich nie richtig entscheiden, wie sie sich mir gegenüber verhalten sollte. Sollte sie mir Vorwürfe machen, daß sie bei meiner Ankunft »beinahe gestorben war«? Oder sollte sie es irgendwie an mir gutmachen, daß ich praktisch sofort aus dem Haus gegeben wurde? Dieses Problem löste sie nie.

Eine Teillösung ergab sich vier Jahre, nachdem ich geboren wurde. In den Sommermonaten des Jahres 1927 schaffte sie es endlich, ihre so lange ersehnte Tochter zu bekommen. Caroline Adelaide Ann Stubbs trat in diese Welt, und sie gefiel ihr. Es gefiel ihr außerdem, daß eine hingebungsvolle Mutter sich um ihre sämtlichen Bedürfnisse kümmerte.

Die Geburt Anns, wie das Kind in der Familie genannt wurde, bescherte uns ein gewisses Glück. Wir freuten uns, daß Mutter sich freute. Allerdings war unsere Freude nicht unbedingt selbstlos; der neue Zustand bescherte unserem Vater mehr Ruhe und Frieden und eröffnete Nelson und mir die Gelegenheit, unter weitaus geringerer elterlicher Aufsicht zu spielen als bisher. Ich glaube, wir liebten Ann tatsächlich und fast in dem Maße, wie Mutter es von uns forderte. Sicher, mein Bruder ließ sie einmal fallen, als er sie durch den Garten trug, aber ich erinnere mich noch genau an die Ernsthaftigkeit seiner Reue, die überhaupt nichts mit Mutters Tränen oder Vaters Strafe zu tun hatte!

Mutters Erfolg mit Ann stieg ihr zu Kopfe – oder wohl eher zu Bauche. Zwei Jahre später brachte sie ein zweites Mädchen zur Welt, aber dieses Kind starb bei der Geburt.

Ich erinnere mich noch genau an die Nachricht von seiner Ankunft. Eins der Hausmädchen brachte Nelson und mich zum Lachen; ständig rannte sie aus dem Zimmer, um dann zurückzukommen und uns zu sagen: »Gleich werdet ihr es schreien hören! Es kommt schon!« Ich erinnere mich, wie wir unser Spielzeug liegen ließen und uns auf die Holzbank unter dem Fenster knieten; ich blickte durch die gelblichen halbblinden Fensterscheiben und fragte mich, wie es sich wohl anfühlen mochte, wenn man ein Kind war, das eigentlich noch nirgendwo war – dabei lauschte ich gespannt auf sein Geschrei und hörte statt dessen den Kuckuck und fragte mich gleichzeitig, ob es irgendeine Verbindung zwischen dem geheimnisvollen Vogel und einem geheimnisvollen Kind gab. Dann kam Vater und erklärte uns – er ergriff dazu unsere Hände –, daß das Kind tot und daß Mutter sehr traurig sei.

»Es wäre eine kleine Schwester für euch gewesen«, sagte er. »Aber Gott hat sie im letzten Augenblick zu sich genommen.«

Danach liebten wir unsere Schwester nur noch mehr. Weder Nelson noch ich hätten es Gott jemals zugetraut, daß er auch sie zu sich nahm.

Unsere kleine Stadt rühmte sich eines Kindergartens mit Grundschule, geleitet von Miss Matilda Unwin, und in diesen wurde ich im Alter von fünf Jahren geschickt. Nelson war schon fast soweit, ihn zu verlassen und die höhere Schule zu besuchen.

Der Kindergarten war eigentlich ganz in Ordnung. Wir prügelten uns und wurden verprügelt, aber nicht allzu schlimm. Ich fühlte mich gleich zu mehreren Mädchen hingezogen, und obwohl diese Sympathie niemals einen Ausdruck fand, so wurde sie im allgemeinen bis zu einem gewissen Grad erwidert, was erheblich zu den Freuden der Schulzeit beitrug, da in der ersten Klasse der Platz recht begrenzt war und wir uns immer zu zweit einen Tisch teilen mußten. Daher konnte ich mich an Sheilas wundervolles goldbraunes Cordkleid, das mich an Goldlack erinnerte, schmiegen. Es hatte einen weißen Spitzenkragen, und dazu gehörten auch noch weiße

Söckchen. Ihre Beine waren hübsch, aber ich glaube, ich liebte sie nur an den Tagen, an denen sie dieses bezaubernde niedliche Kleid trug.

Ständig vernarrt war ich in Sonja, die reizvoll kurzgeschnittene blonde Haare hatte. Sie war ein zähes und unternehmungslustiges Mädchen, und wir spielten nach der Schule immer miteinander. Eine Zeitlang hatten wir die ernste Absicht zu heiraten, aber dann wurde ihr einmal während des Unterrichts schlecht, sie übergab sich direkt – platsch! – in ihr Schreibpult, und ich wandte meine Zuneigung anderen Objekten zu.

Schon in jenen Tagen dachten wir – wie die Erwachsenen – außer an Sex an nur wenige andere Dinge, obgleich das Ganze sich in eher unklaren und kindlichen Bahnen abspielte. Wir erfanden ein herrliches Spiel für unseren Spielplatz: Bauer und Kuh nannten wir es.

Mit den Hacken unserer Schuhe kratzten wir die Grundrisse von Ställen in den Spielplatzschotter. Und mit sicherem Instinkt waren die Jungen die Kühe und die Mädchen Bäuerinnen oder Melkerinnen, die kamen, um die Kühe zu melken. Das bedeutete, daß sie unsere winzigen Genitalien richtig anfassen und sie kräftig drücken mußten. Es war das beste Spiel, das wir je erfanden.

Unschuldig und ahnungslos, wie ich damals war, rannte ich nach Hause und erzählte meiner Mutter davon. Sie bekam eine schreckliche Angst, hob Ann hoch und preßte sie an sich – um sie oder sich selbst zu schützen, das weiß ich nicht. Jedenfalls wurde mir verboten, jemals wieder Bauer und Kuh zu spielen.

Aber die uralte Schlange der Sexualität war jetzt auf dem Spielplatz losgelassen. Die Mädchen wollten natürlich mehr über die seltsamen Euter ihrer Kühe erfahren. Hinter Miss Unwins Haus, neben dem Regenfaß und im Schutz der schütteren Ligusterhecke, öffnete ich die Knöpfe meines Hosenstalls und zeigte Sheila und Hilda mein rosiges Pimmelchen.

Sie waren sehr interessiert, aber zugleich auch skeptisch.

Hilda, dieser Schatz, streckte die Hand aus und berührte es und meinte, es wäre nett. Sheila war vorsichtiger. Schon jetzt zeigten sich die ersten Charaktermerkmale unserer späteren Erwachsenenpersönlichkeiten.

Das nächste Bild in meiner Erinnerung ist schon etwas eindeutiger. Wieder die Regentonne, daneben eine Szene der Glückseligkeit und Verderbtheit. Sheila und Hilda sind ebenfalls anwesend sowie ein kleineres Mädchen, dessen Namen ich vergessen habe. Erneut betrachten sie das Gezeigte, allerdings ohne die jungmädchenhafte Scheu und Tugendhaftigkeit, die sie schon in wenigen Jahren an den Tag legen sollten.

Hilda und das kleine Mädchen schauen sehr genau hin und geraten sich dabei ins Gehege und behindern sich gegenseitig. Sheila hält sich zurück und lehnt sich halb an die Hauswand.

»Es ist niedlich«, sagte das kleine Mädchen. Sie macht nicht den Versuch, es zu berühren. »Ihr könnt nach der Schule kommen und in unserem Garten spielen, wenn ihr wollt.«

Sie hebt ihr Kleidchen hoch und zieht die Unterhose herunter; Hilda macht es ihr nach. Beide zeigen mir, was sie haben, und das kleine Mädchen kichert und läßt ihr Kleidchen auf und ab flattern. Ich konzentriere mich auf Hildas Schatz. Er sieht schön und irgendwie rund und weich aus. Ihr Bauch und ihre Oberschenkel gefallen mir ausnehmend gut.

Ich sage zu Sheila: »Laß mich auch mal bei dir gucken.«

»Ein anderes Mal«, sagt sie, pendelt hin und her, schaut lächelnd in die Ferne und ist sich wahrscheinlich sicher, daß mir gefallen würde, was sie vor mir verbirgt. Soweit ich mich erinnern kann, hat sie mich niemals gucken lassen.

Nach der Schule beschlossen Hilda und ich, daß wir zum Garten des kleinen Mädchens gehen wollten, um dort zu spielen, wobei wir wußten, daß wir uns dann etwas ausführlicher betrachten könnten. Aber das kleine Mädchen wurde am Schultor von ihrer Nanny erwartet, an die Hand genommen und nach Hause gebracht, während wir verscheucht wurden.

Die Zeit flog vorbei, diese endlos erstarrte Zeit der Kinder und Verrückten. Grundsätzlich war ich mehr an Kricket und Indianerspielen interessiert als an weiblichen Muschis. Die Spiele schienen mir damals mehr Abwechslung zu bieten.

Die Wirtschaftskrise war angebrochen. Vater äußerte sich darüber mit einem betrübten Gesicht und prophezeite, daß die Bank wohl schließen müsse. »Der Geldfluß ist eingetrocknet«, sagte er. Der Geldfluß ist eingetrocknet – eine wundervolle Formulierung! Ich stellte es mir als goldene, feuchte, erstarrte Masse vor wie einen Strand, nachdem die Ebbe eingesetzt hat.

Wir sahen damals oft solche Strände. Indem er den Bankrott eines Bankkunden für sich nutzte, kaufte Vater ihm einen kleinen Bungalow an der Küste von North Norfolk ab. Dorthin fuhren wir an den Sommerwochenenden – eine lange, langweilige Fahrt, die erst interessant wurde, wenn wir durch Spalding und King's Lynn rollten und das Meer riechen konnten. Der Bungalow stand auf den Dünen außerhalb von Hunstanton. Die Ebbe zog sich meilenweit zurück und ließ Unmengen erstarrten Geldes zurück, und ich empfand es immer wieder als ein Wunder.

Die Seeluft sollte mir »gut tun«. Ich litt damals unter Gallenbeschwerden, sehr zur Verwirrung unseres Hausarztes und meiner Eltern. Nelson nannte mich einen dreckigen Schurken, aber ich achtete immer ängstlich darauf, niemals woanders krank zu werden als an der richtigen Stelle.

Jetzt ist mir völlig klar, was mit mir los war. Ich wurde durch meine Mutter emotional aus dem Gleichgewicht gebracht.

Sie war keine strenge Erzieherin. Vater bestrafte Nelson und mich mit dem Rohrstock, wenn wir ungehorsam waren; es war eine schmerzhafte Strafe, die keine schlimmen Nachwirkungen hatte – nur störte mich Vaters ständige Forderung, ihm nachher die Hand zu schütteln, um ihn von irgendwelcher Schuld freizusprechen. Aber Mutters Methode, uns zu Gehorsam und Anständigkeit zu erziehen, war im großen und ganzen weitaus tödlicher. Sie drohte uns damit, uns nicht mehr zu lieben und daß sie von zu Hause weggehen und Ann mitnehmen würde.

Vielleicht bedeuten solche Drohungen einem unsensiblen Kind, wenn es so etwas überhaupt gibt, gar nichts. Für mich, der ich gleich nach der Geburt von meiner Mutter getrennt worden war, stellten sie eine Horrorvorstellung dar. Ich war regelmäßig krank, denn damit konnte ich Mutter zu Hause halten; sie umsorgte mich wundervoll, wenn ich leidend im Bett lag. Damals gab es bei mir natürlich keinen Denkprozeß, der in solche Schlußfolgerungen mündete.

Meine Mutter war fähig, ihre Drohungen tatsächlich wahrzumachen. Bei einer Gelegenheit, als Nelson und ich etwas getan hatten, womit sie nicht einverstanden war, zog sie Ann Mantel, Mütze und Hose an, setzte sie in den Kinderwagen und verschwand. Wir erlebten die schreckliche Qual, sie von unseren Zimmerfenstern aus zu beobachten, wie sie sich in Richtung Marktplatz entfernte, während Ann furchtbar heulte, als sie den Sinn der Aktion begriff. Wenn meine Erinnerung mich nicht täuscht, dann war dies das letzte Mal, daß ich Nelson weinen sah. Wir drängten uns auf dem Bett aneinander und jammerten: »Sie wird niemals zurückkommen! Wir wollen wirklich artige Jungen sein!«

Zweifellos hatte die Art und Weise, wie Mutter uns behandelte, etwas mit ihrer rätselhaften Nervosität zu tun, die unsere Aufenthalte am Meer lindern sollten. Manchmal kamen Großvater und Großmutter für einen Tag mit, um uns Kinder zu beaufsichtigen, während Mutter einen ihrer langen Strandspaziergänge unternahm. Mit heimlicher Wehmut beobachtete ich dann immer, wie ihre hohe Gestalt vor dem Hintergrund des Strandes kleiner und kleiner wurde, wobei ich mich fragte, ob sie wohl die Absicht hatte zurückzukommen oder ob ihr irgend etwas Unheimliches und Furchtbares zustieße, sobald sie aus meinem Gesichtsfeld entschwunden war.

Manchmal unternahm sie eine dieser Strandwanderungen mit »Onkel« Jim. Onkel Jim Anderson war ein stets lächelnder Mann mit kalten roten Händen, der seltene und schwer durchschaubare Angriffe auf unser Familienleben durchführte. Er und Vater waren immer sehr herzlich im Umgang miteinander. Wenn Onkel Jim zu unserem Bungalow kam, dann brachte er erstaunliche Dinge für unsere Picknicks mit – an Wildpasteten und Ananas kann ich mich erinnern – und war deshalb stets willkommen. Aber er leistete Mutter bei ihren langen Spaziergängen auch Gesellschaft; bei solchen Gelegenheiten war Nelson und mir immer ganz unbehaglich zumute, und wir weigerten uns, schwimmen zu gehen, selbst wenn Großvater deswegen mit uns schimpfte.

»Meinst du, er und Mutter haben was miteinander?« fragte Nelson. Wir hatten einen solchen Verdacht, obgleich wir nicht die geringste Ahnung hatten, was Leute taten, die etwas miteinander hatten.

Als Nelson die höhere Schule besuchte, entfernte er sich innerlich von mir. In meiner eigenen kleinen Welt schloß ich daraufhin mit Ann ein zaghaftes Bündnis. Obgleich Mutter sie heftig umsorgte und bemutterte, war Ann in keiner Weise ihre Sklavin, wie ich es nach eigener Einschätzung vermutlich geworden wäre, wenn ich so viel Zuwendung und Nettigkeit erfahren hätte. Ann erhielt sich ihre Unabhängigkeit. Das bedeutete, daß sie kein völlig zuverlässiger Verbündeter war; alles von dem, was ich tat und was ihr mißfiel, wurde sofort und lauthals an Mutter weitergemeldet. Dennoch intrigierte sie von sich aus gegen Mutter, und von uns drei Kindern war sie das verschlagenste. Sie war ein kluges und ideenreiches Kind, und zusammen unternahmen wir weite Abstecher von zu Hause in die Umgebung. Einmal beobachteten wir, wie ein alter Landstreicher seine Hose herunterließ und sich unter einem Ginsterstrauch erleichterte, was uns beiden sehr peinlich war.

Wir erfanden ein faszinierendes und gefährliches Spiel im Garten. Die Wäscheleine lag auf der Wiese, und wir gingen auf ihr auf und ab und taten so, als schwankten wir hin und her und als stürzten wir gelegentlich herunter. Später besorgten wir uns ein dickes Seil. Mit Nelsons Hilfe wurde es zwischen zwei Apfelbäumen einen knappen halben Meter über dem Erdboden aufgespannt. Ann und ich lernten, barfuß auf diesem Seil zu laufen, so daß wir die Höhe steigern konnten.

In seiner am meisten verfeinerten Form wirkte dieses Spiel schon sehr professionell.

Das Seil wurde von der Ecke des Gartenhäuschens bis zu unserem höchsten Apfelbaum gespannt und befand sich dabei einen guten Meter über dem Erdboden. Manchmal verirrten wir uns im Dschungel und flohen vor wilden Tieren, doch weitaus häufiger waren wir Könige, die auf dem Drahtseil über England spazierengingen; wir durften so viel davon als unseren Besitz betrachten, wie wir überschreiten konnten, ohne abzustürzen. Dies muß die Ouvertüre zu einem späteren und noch größenwahnsinnigeren Spiel gewesen sein, auf das ich noch an entsprechender Stelle zu sprechen kommen werde.

Trotz der düsteren Prophezeiungen unserer Eltern kann ich mich nicht entsinnen, daß Ann und ich uns jemals bei diesem Spiel verletzt haben, außer beim letzten Mal, als wir es spielten. Wir hatten ein Ende des Seils an einem vertikalen Regenrohr befestigt, das auf der Seitenwand des Gartenhäuschens verlief; das Rohr löste sich vom Mauerwerk, als ich auf dem Seil stand. Bei dem Sturz zog ich mir nichts weiter zu als eine Hautabschürfung am Knie.

Die Wunde verheilte und war bald vergessen, genauso wie andere Wahrzeichen der Kindheit wie Murmeln oder Seilspringen. Ich kann mich nicht erinnern, jemals wieder auf ein Seil gestiegen zu sein. Andere Attraktionen beschäftigten mich nun: Darunter war auch Hilda.

In meinem letzten Jahr in der Grundschule war ich in Hilda verliebt. Sie war in meinem Alter, hübsch und schlank und hatte braune Locken. Ihr Vater war Friseur und leitete zusammen mit seiner Frau die örtliche Laienspielgruppe. Das Theatralische hatte auch Hilda in ihrem Blut. Sie neckte mich, aber überaus fesselnd, und tanzte für mich. Ihre Mutter kaufte ihr ständig schöne Kleider, von denen ich aufrichtig begeistert war.

Hilda und ich verbrachten viel Zeit miteinander. Sie heilte mich von einem letzten Indianerspiel-Wahn. Wir spielten immer mit Hildas bläßlichem Vetter Ronnie, denn Ronnie wohnte in einem großen Haus mit einer Menge einladender verfallener Außengebäude. Wir konnten Ronnie immer Angst einjagen, indem wir vorgaben, wir hätten in den Ställen einen Geist gesehen. Andererseits konnte Ronnie uns Angst machen, indem *er* behauptete, er habe im Haus Geister angetroffen. Ich habe mich schon immer über diese Austauschbarkeit von Rollen gewundert, die es auch im Erwachsenenleben immer wieder gibt, denn unsere Charaktere sind auf keinen Fall so festgefügt, wie wir es gern annehmen. In diesem speziellen Fall gab es eine direkte Erklärung: Hilda und ich wußten, daß in den Ställen keine Gespenster umgingen, aber wir hatten den Verdacht, daß es im Haus anders war, und wir wurden sehr leicht von allem aufgeschreckt, was diesen Verdacht zu bestätigen schien. Ronnie, der wußte, daß das Haus von Gespenstern heimgesucht wurde, erwartete natürlich auch, daß es in den Außengebäuden spukte.

Ich habe Jungen in der Schule erlebt, die in einem Trimester furchtbar verprügelt wurden und im nächsten als zähe kleine Schläger auftraten; und die schlampigsten und nachlässigsten Soldaten werden, nachdem man ihnen einen Streifen verpaßt hat, oft in gnadenlose Unteroffiziere verwandelt. Feiglinge werden zu Helden, Helden zu Feiglingen, je nach den Begleitumständen und nicht so sehr nach einem Naturgesetz.

Hilda und ich wurden zu einem Liebespaar. Wir küßten uns sehr häufig, aber ich küßte sie nie so oft, wie ich es mir eigentlich wünschte. Sie zu küssen war das absolute Vergnügen; ich wünschte mir nie etwas anderes. Sobald wir Ronnie verscheucht hatten, verschwanden wir in geheimen Gängen oder alten Scheunen und frönten unseren kleinen Spielen. Einmal war ich davon gefesselt, sie auf einer Bühne auftreten zu sehen. Sie sang zwei Lieder: »An Apple for the Teacher« und »Little Man, You've Had a Busy Day« (nur sang sie statt dessen »Little Girl, You've Had a Busy Day«), und ich applaudierte ihr wild.

Wir untersuchten gegenseitig unsere Körper und küßten uns eher mit einem Ausdruck von Höflichkeit gegenseitig auf den Po. Der Anblick ihres Körpers bereitete mir großes Vergnügen. Aber wir wußten nicht, was wir außer Betrachten sonst hätten tun können. Ich drängte mich an sie, berührte sie, aber ich glaube, das geschah nur ein- oder zweimal. Wir schauten uns gegenseitig zu, wenn wir pinkelten.

Es war Margaret Randall, die mir zu meiner ersten Erektion verhalf.

Miss Unwin teilte ihre Herde in kleine 'Uns und große 'Uns auf oder in kleine Unwins und große Unwins, wie wir immer sagten. Die großen 'Uns gingen in einen der oberen Klassenräume. Margaret Randall war eine der größten unter den großen 'Uns und wollte uns am Ende des Trimesters verlassen; ich selbst hatte nur noch zwei weitere Trimester vor mir. Bei einer bedeutsamen Gelegenheit, als Miss Unwin für einen Moment das Klassenzimmer verlassen hatte, verriegelte Margaret die Tür, sprang auf einen Tisch, rief uns alle zu sich und fing an, sich auszuziehen.

Kinder nehmen vieles als selbstverständlich hin. Wir hatten Spaß an ihrem Auftritt, ohne darüber allzu überrascht zu sein. Margaret hatte ein hübsches Gesicht mit großen blauen Augen und langen Wimpern. Ein nettes Mädchen, das sehr freundlich mit den kleinen 'Uns umzugehen pflegte. Während sie ihren Schlüpfer auszog, sahen wir zu unserem Vergnügen – vielleicht auch überrascht durch die Unabwendbarkeit des Ganzen! – die krausen schwarzen Haare, die sich zwischen ihren Beinen hervorringelten.

Sie tanzte verführerisch auf dem Tisch und ließ ihre kleinen Brüste hüpfen. Ich war wie gebannt; ich glaube, das waren wir alle. Als sie sich nach hinten legte, die Beine spreizte, sah ich das rosige Innere ihrer Scheide. Zum erstenmal begriff ich richtig, daß das Ding sich öffnete, und mein Fleisch vollführte einen Freudenhüpfer. Das Pimmelchen machte dem Penis Platz.

An der Tür war ein wildes Klopfen und Hämmern zu hören, als Miss Unwin versuchte, ins Klassenzimmer zu gelangen, und dabei kein Glück hatte. Margaret schwenkte noch ein letztes Mal die Hüften hin und her, sprang vom Tisch und schlüpfte wieder in ihre Kleider. Ich habe vergessen, welche Erklärung der Lehrerin für die verschlossene Tür gegeben wurde; ich war viel zu sehr von dem gefangengenommen, was geschehen war.

Margaret Randall verließ uns am Ende des Trimesters. Schon bald ließ auch ich diese Schule hinter mir und ging zur höheren Schule, einem alten und baufälligen Gebäude, wo mir der Unterricht am Anfang sehr schwer vorkam. Nelson befand sich einige Klassen über mir und fand es sehr peinlich, daß sein kleiner Bruder jeden Nachmittag vor der Schule herumhing und auf ihn wartete. Er verpaßte mir eine Menge Knüffe und Püffe, um seinen Klassenkameraden zu beweisen, daß er kein Kindermädchen war. Ich wurde von einem Jungen namens Ian Barrett in den Magen geboxt, den ich seitdem fürchtete und haßte.

Schlimmeres wartete auf mich. Hilda mußte sich ihre Polypen und Mandeln herausnehmen lassen. Nach der Operation wurde sie ziemlich fett. Sie wechselte auf eine andere Schule und wurde furchtbar damenhaft. Ihr Vetter Ronnie veränderte sich ebenfalls, legte zum Teil seine Ängstlichkeit ab und bestand darauf, zuschauen zu dürfen, wenn Hilda sich auszog. Ich ärgerte mich sehr darüber, vor allem als Hilda es ihm ohne einen Anflug von Hemmungen erlaubte. Ich erinnere mich, daß er mich einmal bat, für ihn die Hose runterzuziehen. Ich weigerte mich.

So hörte ich dann auf, Hilda zu lieben. Wir hatten uns auseinandergelebt.

Zu Hause war es nicht besser und nicht schlimmer. Ich hoffte immer noch, daß meine Mutter mich irgendwann lieben würde. Je mehr sie beteuerte, daß sie es tat, desto mehr zweifelte ich daran.

Dafür gab es durchaus Gründe. Mutter hatte viele Bekannte, mit denen sie stets Tee trank oder Whist spielte, darunter auch Molly Hadfield, deren Mann den größten Gemischtwarenladen der Stadt führte. Ehe sie Molly näher kennenlernte, beklagte Mutter sich ständig über sie und betonte, wie schrecklich sie wäre. Sobald sie sich jedoch persönlich näherkamen, war Mutter so nett, wie man es sich kaum vorstellen konnte – etwa genauso wie mir gegenüber, wenn sie besonders guter Laune war –, und überhäufte Molly mit allen möglichen Komplimenten und Freundlichkeiten. Molly, der diese Behandlung sehr gut gefiel, revanchierte sich dafür mit allen möglichen Skandalgeschichten. Ich kann mich an nichts erinnern, was sie erzählt hat, da ich wohl kaum ein geduldiger Zuhörer war und mich der ganze Besuch furchtbar langweilte. Nachdem sie sich verabschiedet hatte, erzählte Mutter jedem, der gerade anwesend war – Ann oder mir, wenn sie niemanden sonst antraf –, was für eine schlimme, bösartige, klatschsüchtige, unehrliche Dreckschleuder Molly Hadfield wäre. Nelson, Ann und ich bekamen das oft zu hören und krümmten uns innerlich, wenn Mutter wieder ihre große Charme-Nummer vor anderen Leuten abzog. Sie machte das bis zum Ende ihrer Tage. Und es hörte nie auf, für mich eine furchtbar schmerzliche Erfahrung zu sein.

Das häusliche Leben war jedoch nicht nur schlimm. Das Leben eines Kindes ist auf jeden Fall mehr in Abschnitte aufgeteilt als das eines Erwachsenen. Meine Gallenkoliken wurden seltener und wurden von Tobsuchtsanfällen abgelöst, die mir mindestens genauso viel Angst einjagten wie allen anderen, die sie miterlebten. Ich wurde als »schwieriges Kind« angesehen, und mein Vater entzog sich mir noch mehr als vorher – was die Wutanfälle noch verstärkte, falls sie wirklich, wie man sicherlich annehmen kann, verschlüsselte Hilferufe waren. Die arme Ann mußte den größten Teil dieser Anfälle über sich ergehen lassen – das heißt, den größten Anteil nach den Möbeln –, jedoch änderte das nichts an unserer irgendwie sporadisch aufflackernden Zuneigung, die wir füreinander empfanden.

Wir erfanden ein neues Spiel, an dem ab und zu auch Nelson teilnahm. Wir hatten eine riesige Goldmine in Indien gefunden – mein Großvater hatte mehrere Jahre in Indien verbracht –, und Ann und ich hatten mit den dort gefundenen Schätzen England gekauft und an einen anderen Ort transportiert. Ich bin mir nicht ganz sicher, wohin – die Einzelheiten wurden bewußt vage gehalten. Jeder in England stand auf unserer Seite und verehrte uns. Jeder andere auf der Welt war gegen uns und versuchte, uns das Land zu stehlen. Wir waren so berühmt und derart beliebt, daß ständig die Filmkameras auf uns gerichtet wurden, selbst wenn wir die Toilette aufsuchten; diese Filme wurden dann auf schnellstem Weg überall in England in die Kinos gebracht, um die Bevölkerung zu zerstreuen, die die meiste Zeit in den Kinos verbrachte, sich in der Dunkelheit an unserer *Nettigkeit* ergötzte und uns zujubelte, wenn wir die Bösewichter abwehrten oder furzten oder in die Kameras winkten. (Ein neues Kino hatte soeben in der Stadt seine Tore aufgemacht.)

Ich wurde auch im Kricket ganz gut. Natürlich spielte und gewann ich immer für England.

Gott weiß, wie weit diese Selbstbeweihräucherung noch gegangen wäre, hätten wir kein anderes Spiel gefunden, ein Sex-Spiel.

Nelson war dreizehn, als er mich in den Garten mitnahm und mir zeigte, wie man masturbiert. Es war außerordentlich interessant. Später machte er es mir noch einmal in seinem Zimmer vor, wo wir das Geschehen etwas besser verfolgen konnten. Obgleich ich seinen Penis seit Jahren regelmäßig sah, ohne ihn unter irgendeinem besonderen Aspekt zu betrachten, stellte ich nun fest, wie gut er sich entwickelt hatte. Er drängte mich zu versuchen, auch meinen Pimmel zu reiben; mit der Verheißung auf eine ähnliche Entwicklung versuchte ich es gleich an Ort und Stelle, jedoch ohne jede Wirkung. War das Gefühl überhaupt angenehm? Ich hab's vergessen.

Die Erinnerung ist eine flüchtige Angelegenheit. Sie speichert Episoden, läßt jedoch die dazwischenliegenden Zeiträume aus. Einige Monate mußten verstrichen sein, ehe ich mich wieder bemüßigt fühlte, es noch einmal zu versuchen. Mit Nelsons Hilfe war ich dann etwas erfolgreicher.

Diese Episode spielte sich in Anns Zimmer ab, das damals auch als Spielzimmer diente, da Ann zu dem Zeitpunkt nicht zu Hause war.

Nelsons Beiträge zu unserem England-Spiel bestanden aus dem Errichten großer und starker Bauten aus Anns und unseren alten Bauklötzen. Wir stellten uns dann vor, daß wir in diesen Palästen wohnten. Sie waren seine ersten Versuche als Architekt, kunstvolle Konstruktionen, die aus alten Schachteln und anderen Spielzeugteilen bestanden; manchmal waren Anns Puppen in den Zimmern eingesperrt und schauten hilflos aus den Fenstern. Sobald wir eines dieser schönen Bauwerke errichtet hatten, wendeten wir uns dem Wedelspiel zu. Er holte seinen Penis heraus, brachte ihn zum Stehen und überredete mich, daß ich meinen ebenfalls hervorholte. Er befingerte ihn kurz, und auch er richtete sich schließlich auf.

Was für eine Aufregung und Freude!

Sofort wollte ich Ann mit diesem neuen Spiel vertraut machen. Nelson war da etwas vorsichtiger und meinte, sie »würde alles nur Mutter erzählen«.

Ann sagte Mutter jedoch gar nichts. Dafür machte das Spiel ihr zuviel Spaß. Ich konfrontierte sie ziemlich behutsam mit dieser neuen Attraktion, als wir eines Samstagmorgens dabei waren, uns anzuziehen, und zwischen unseren Zimmern hin- und herrannten. Indem ich das geheimnisvolle Objekt aus meiner Pyjamahose holte, hielt ich es in der Hand und bot ihr an, es sich genau anzusehen; es bereitete ihr das traditionsgemäße Vergnügen, das Frauen bei seiner Betrachtung empfinden.

Wir machten weiter. Schon bald regte sich das Ding bei ihrer Berührung und richtete sich auf. Die Idee, es zu reiben, kam ihr von selbst.

Das Leben hat auch weniger erfreuliche Seiten. Ich war in viele Schlägereien in der Schule verwickelt, vorwiegend planlose Boxkämpfe nachmittags während des Heimwegs. Eines Tages jedoch lief ich Ian Barrett über den Weg. Er machte sich mit einem Kumpan an mich heran und lauerte mir auf der Straße hinter der Schule auf. Ich schlug ihn, und er schlug zurück, traf meine Nase. Ich verlor jede Kontrolle wie bei meinen Wutanfällen zu Hause. Ich stürzte mich auf ihn, schlug wild um mich und drosch wüst auf ihn ein. Barretts Kumpan suchte sofort das Weite. Zuerst wehrte sich Barrett noch und schlug zurück, aber ich war zu sehr in Rage, als daß Schmerzen mich hätten stoppen können. Er fiel hin. Ich trat ihn und ließ mich dann auf ihn fallen, schlug dabei ständig auf ihn drauf und schrie und schluchzte.

Ein paar Jungen kamen vorbei und zogen mich von ihm weg und starrten mich entgeistert an. Barrett blieb liegen.

Ich rannte davon und war überzeugt, daß ich Barrett umgebracht hatte.

Meine Nase blutete. Das Blut war auf meine Kleider gespritzt. Ich wagte es nicht, in diesem Zustand nach Hause zu gehen: Mutter hätte uns für immer und ewig verlassen. Unglücklich schlich ich durch Seitenstraßen voller feindseliger Häuser und Fenster, überquerte das Eisenbahngleis und wanderte durch den Park zu einem Teich, auf dem wir immer herumrutschten, wenn er im Winter zugefroren war. Es war der einzige Ort, der mir einfiel, wo ich mich unbeobachtet säubern konnte.

Während ich mich wusch, begann ich mich zu schämen. Daß Barrett größer und älter war als ich, konnte ich als Entschuldigung nicht akzeptieren. Ich tat mir auch selbst leid und glaubte, ich müßte eigentlich nach Hause rennen können in die Arme mitfühlender und sogar bewundernder Eltern. Eine tiefe Verzweiflung überkam mich, während ich meine Kleider, meine Knie und mein Gesicht wusch. Doch ein rettender Rest von Selbsttäuschung vermittelte mir gleichzeitig ein Gefühl des Triumphs in diesem Jammertal.

Kälte und Angst trieben mich schließlich nach Hause, nun sowohl mit Schlamm als auch mit Blut besudelt. Mutter war ganz aufgelöst vor Sorgen. Ich wurde sofort in mein Zimmer geschickt mit der Anweisung, auf meinen Vater zu warten. Ann und Nelson starrten mich an, als ich nach oben humpelte. Keiner von beiden wagte es auch nur, mir zuzuzwinkern.

Beatrice, das Hausmädchen, kam in mein Zimmer. Sie brachte mir versteckt in ihrer Hand ein Stück Kirschkuchen. Ich griff danach, und die Tür schloß sich schnell wieder. Ich war zu niedergeschlagen, um den Kuchen zu essen, und versteckte ihn unter meinem Kopfkissen.

Als Vater heimkam, machte er ein sehr ernstes Gesicht, schloß die Tür hinter sich und baute sich davor auf, als stünde er einem Erschießungskommando gegenüber.

»Mr. Barrett hat mich angerufen. Ian ist sofort nach Hause gerannt und hat ihm erzählt, was du getan hast, als du um dich geschlagen hast wie ein gemeiner kleiner Straßenbengel. Mr. Barrett war sehr wütend.«

»Er hat mich zuerst geschlagen, Papa!« Und diese miese Rotznase hatte gepetzt! Aber wenigstens war er nicht tot, wie ich befürchtet hatte.

»Das ist keine Entschuldigung. Mr. Barrett war wütend. Du mußt dich waschen und dann zu ihm hingehen und dich bei ihm und Ian entschuldigen.«

»Das tue ich nicht! Niemals! Und du kannst mich nicht dazu zwingen!«

»Das werden wir sehen, mein Junge.«

Was für ein klassischer Dialog! Aber mein Vater unternahm nichts. Selbst während ich ihm widersprach und ihn haßte, war mir klar, daß er tief in seinem Inneren auf meiner Seite stand. Mr. Barrett mochte ihn vielleicht aus der Ruhe gebracht haben, aber ich hatte seine Sympathie errungen.

Leicht einlenkend meinte er: »Na schön, sehen wir erst mal

zu, daß wir dich sauber bekommen. Du siehst ja schlimm aus! Sieh dir nur deine Sachen an!«

Ich fing an zu zittern und mit den Zähnen zu klappern. Er half mir, meinen schmutzigen Anzug auszuziehen, und begleitete mich ins Badezimmer, um die Generalreinigung zu beaufsichtigen. Unter der Schmutzschicht entdeckten wir mehrere kleine Blutergüsse und Wunden. Diese betupfte mein Vater mit Jod – was an sich schon Strafe genug war.

Schließlich durfte ich nach unten gehen und kam mir sehr klein und armselig vor. Meine Mutter wurde beiseite genommen und mit leisen Worten informiert, während Nelson und Ann mich angafften.

»Du hast den ollen Barrett tatsächlich verprügelt?« fragte Nelson.

»Tja.«

Ich konnte zum Tee kaum etwas essen. Aber darüber, daß ich losgehen sollte, um mich bei Barrett und seinem furchtbaren Vater zu entschuldigen, wurde nicht mehr gesprochen.

Meine Welt schien sich entscheidend verändert zu haben. Seltsamerweise lief zu Hause und in der Schule alles weiter wie gehabt. Niemand begriff, daß ich mir selbst einen riesigen Schrecken eingejagt hatte, indem ich total die Kontrolle über meine Gefühle verloren hatte.

Nelson und ich hielten nun regelmäßige Wedelsitzungen ab. Schon bald betrachteten wir es als Selbstverständlichkeit, daß Ann dabei sein sollte. Sie bestand sogar darauf und drohte, sie würde alles verraten, wenn wir es ihr nicht gestatteten – denn ich hatte es nicht lange für mich behalten können, daß Nelson einen noch größeren hatte als ich.

Zuerst gab sie sich damit zufrieden, nur zuzusehen. Später bestand sie darauf, es bei einem von uns selbst zu tun. Wir mußten gestehen, daß das noch genußvoller war, als wenn wir es selbst machten.

Sie machte es uns beiden auch mal gleichzeitig, einen Penis

in jeder Hand, aber das war etwas umständlich. Obgleich es kaum zutraf, daß wir das, was wir taten, als unrecht ansahen, achteten wir doch sorgfältig darauf, daß unsere Eltern uns nicht dabei erwischten.

Ann hatte eine unangenehme Schulkameradin namens Rosemary. Sie fragte uns, ob Rosemary mal an einer Sitzung teilnehmen dürfe – »nicht anfassen, nur zugucken« –, aber Nelson und ich lehnten ab; wir mochten Rosemary nicht. Nelson erklärte Ann, daß einige Jungen anders aussähen, denn sie hätten noch Haut, die das Ende ihrer Schwänze bedeckte; in der Schule gäbe es Jungen, die so aussähen. Sie bat Nelson, so einen mal nach Hause mitzubringen, so daß sie es »auch damit mal versuchen könne«. Nelson erzählte mir später, daß er einen Jungen, den er kannte, mal daraufhin angesprochen hätte, doch der Junge hätte sich geweigert.

Dieser Ur-Sex mit unserer Schwester war eine total einseitige Angelegenheit. Für uns war es selbstverständlich, daß sie kein Instrument hatte, und damit erübrigte sich jede weitere Überlegung; sie schien unter dem gleichen Irrtum zu leiden. Weder Nelson noch ich haben meines Wissens jemals versucht, ihre Spalte zu inspizieren, obgleich wir beide längst genug wußten, um zu begreifen, daß die Spalte etwas durchaus Vorhandenes darstellte und nicht etwas Fehlendes. Aber wir waren nicht interessiert.

Zweifellos waren unsere kleinen Schwänze weitaus faszinierender als alles, was Ann uns anbieten konnte, denn in diesem Alter durchliefen wir eine proto-homosexuelle Phase, wie man sie bei Jungen oft beobachten kann. Aber ich glaube, daß noch mehr dahintersteckte als nur das: Die Frage nach der Persönlichkeit wurde aufgeworfen, der Persönlichkeit, von der Sex nur ein kleiner Teil ist. Kinder reagieren instinktiv auf andere Charaktere, oft in einer für Erwachsene verblüffenden Weise, die dann klagen: »Aber Jimmy ist doch so ein netter Junge, mein Liebling!« oder »Ich wünschte, du würdest einen anderen Spielkameraden als Freddie finden!« Schuld daran ist ihre Unfähigkeit, die wahre Natur von Jimmy oder Freddie zu erkennen.

Denn trotz der regelmäßigen Sexspiele zwischen Nelson, Ann und mir waren unsere Beziehungen zueinander durchaus formell und sorgsam zurückhaltend – ganz anders als die Beziehung zwischen Hilda und mir; Hilda und ich, wir hatten uns geliebt, soweit unsere unfertigen Persönlichkeiten dazu fähig gewesen waren; wir waren miteinander intim gewesen.

Abgesehen von Hilda hatte Sex in dieser Zeit wenig mit Liebe oder Zuneigung zu tun; die Basis war Neugier.

Als ich eines Tages mit zwei Freunden durch die Felder streifte und wir stehenblieben, um zu pinkeln, sah ich, daß einer von ihnen jene andere Art von Schwanz hatte, nämlich die Version mit Haut. Als wir allein waren, fragte ich, ob ich ihn mir mal anschauen dürfte.

Er holte ihn bereitwillig hervor. Er schien ein sehr seltsames Objekt zu sein, ein wenig lang und blaß, mit der Haut, die den roten Knopf am Ende umschloß und rosig und faltig endete und damit der Blüte einer kleinen Blume glich. Er ließ mich das Ding anfassen. Als ich es ein wenig für ihn rieb, geschah nichts. Ich glaube, ich fragte ihn, ob die Haut sich öffne, und er sagte nein.

Diese Phase im Leben wird durch eine seltsame Mischung aus Wissen und totaler Unkenntnis bestimmt. Im Sommertrimester spielte ich in der Kricketmannschaft der Schule und erwarb mir einen Ruf als schneller Werfer. Wir saßen alle hinter dem Sportplatzgebäude und rauchten – wobei zwei Zigaretten in unserer Gruppe herumgingen –, als einer der größeren Jungen, Peter Adamson, ein guter Schläger, uns erzählte, daß er wüßte, woher die Kinder kommen. Das Hausmädchen der Adamsons hätte es ihm beschrieben. Er sagte, sie kämen aus den Spalten der Frauen und daß, ehe sie herauskämen, Schwänze in diese Spalten gesteckt werden müßten.

Diese Vorstellung kam uns allen abstoßend und unwahrscheinlich vor. Peter beharrte, daß das Hausmädchen ihm gezeigt hätte, wie es gemacht wird, indem sie es mit einem Finger in ihrer offenen Spalte angedeutet hätte.

Durch seine Sturheit, mit der er an dieser Lüge festhielt, etwas in Rage gebracht – eine wirklich schlimme Lüge! –, stürzten wir uns auf ihn und versohlten ihm den Hintern mit seinem eigenen Schlagstock.

Peters wirre Geschichte ging mir jedoch weiter im Kopf herum. Desgleichen blieb auch mein Interesse an nicht beschnittenen Penissen wach. Als ein großer rundlicher Junge namens William mir anbot, mir seinen zu zeigen, war ich ganz versessen darauf. William, nach seiner eigenen Darstellung, »jubelte sich«, wie er es ausdrückte, jeden Abend »einen runter«. Sein Penis fühlte sich weich und seltsam an und war mit einer dicken Haut bedeckt, die ich berührte. Er richtete sich in meiner Hand auf, und er ließ mich die Haut zurückziehen, um seinen glänzenden Knopf zu entblößen, der leuchtend rot war. Ich wedelte ihm sein Ding für einige Zeit, bis er erschauerte und stöhnte und keuchte und mir »schneller!« zurief.

Das war aufregend. Obgleich ich William nicht besonders gut leiden konnte, stand sein Zuhause nicht weit von unserem entfernt, so daß wir, wenn wir von der Schule kamen, die gleiche Richtung hatten. An unserem Heimweg stand ein altes verlassenes Bauernhaus, das der Bauer zur Hälfte in eine Tankstelle umgebaut hatte. Eine dieser hohen Benzinuhren aus den dreißiger Jahren und alte, schrottreife Automobile standen dort, und ein glänzendes Stahlschild warb für »Pratt's High Test« – eine Benzinmarke. William brachte mich in den hinteren Teil des Baus durch ein Loch in der Hecke, und dort untersuchten wir uns gegenseitig.

Ich fand es nicht besonders gut, als er meinen Penis anfaßte. Aber ich hatte die Idee, ehe seiner zu groß wurde, meinen Knopf unter seine Vorhaut zu schieben. In dieser ungewöhnlichen Position wedelten wir uns einen ab. Es erregte mich genauso wie William. Am Ende wich er ein Stück zurück, rieb sich schnell und heftig und rief: »Es kommt!« Ich war verblüfft und nicht ungerührt von meinem ersten Eindruck von jemandem, der einen Orgasmus erlebt.

Damals gab es kein Gefühl der Dringlichkeit oder der Notwendigkeit, eine Aktion auf die andere folgen zu lassen, wie man es als Erwachsener empfindet. Die einzelnen Phänomene des Lebens standen isoliert voneinander. Es gab so viele Phänomene; es mußte dem Zufall überlassen bleiben, welches sich mit welchem verband.

Trotzdem oder vielleicht deshalb nahm mein Interesse am Sex ständig zu. Ich gestand weder Nelson noch Ann meine Aktivitäten mit William, vielleicht weil sie mich zu sehr beunruhigten. Es waren die Zuckungen, in die er verfiel, und das Rätsel des Extrastückes Haut. Er rieb mich auch, zweimal – ich fand es angenehm, aber er war enttäuscht, daß bei mir »nichts passierte«, und nach dem zweiten Mal ließ ich es mir von ihm nicht mehr machen, obwohl ich weiterhin seine Vorhaut manipulierte, wann immer wir auf die Idee kamen, das zu tun. Jedesmal tauchte er zitternd in Höhepunkte ein, die ich nicht verstehen konnte.

Wenn das in sich nicht schlüssig klingt, dann war es in einem tieferen Sinn nicht schlüssig. Aus meinen begrenzten Erfahrungen wußte ich, daß Sex etwas Angenehmes, Vergnügliches war; ich konnte nicht wissen, daß er noch lustvoller war, als ich es bisher erlebt hatte. Von einem Orgasmus hatte ich keinerlei Ahnung. Williams lustbetonte Zuckungen hatten für mich überhaupt keine Bedeutung; vielleicht betrachtete ich sie als eine Art Affektiertheit seinerseits, als eine Facette seines ziemlich unangenehmen Charakters.

Dieser Bericht ist in seinem Gehalt vorwiegend sexueller Natur. In meinem Leben, und ganz speziell in meiner Jugend, war es nicht so. Diese Wahrheit, die letztlich jede Seite beeinflußt, kann nicht auf jeder Seite wiederholt werden.

Anns Interesse an Geschlechtsorganen war genauso groß wie meins. Sie hatte den Plan nicht aufgegeben, ihre häßliche Schulfreundin zu unseren Sitzungen mitzubringen.

Rosemarys Häßlichkeit lag im wesentlichen in den Augen des Betrachters. Sie trug Zöpfe mit Schleifen und war ein wenig farblos, aber das war auch schon fast alles, was Nelson und ich gegen sie hatten. Zu dieser Zeit durchlebte ich gerade meine »Alle Mädchen sind lästig«-Phase. Ann, als Schwester, gehörte nicht in die Kategorie Mädchen.

Weil ihre Macht über mich vielleicht größer war als ihre Macht über Nelson, schaffte Ann es, mich allein zu ihr und Rosemary in ihr Zimmer zu lotsen.

»Zeig Rosemary deinen Schwanz«, forderte sie. In jenen Zeiten mangelte es allenthalben an geschliffenen Umgangsformen.

Ich holte ihn heraus und barg ihn schützend in meiner Hand, während die Mädchen ihn eingehend betrachteten. Rosemary war ein Einzelkind; sie hatte wahrscheinlich noch nie zuvor so etwas gesehen. Obgleich ich durchaus gern bei ihrer Erziehung und Ausbildung assistierte, empfand ich es eher als unangenehm, mich zu Untersuchungen zur Verfügung zu stellen. Die beiden Mädchen hatten einige Bilder gemalt. Mit einem Farbstift stieß Rosemary gegen meinen Schwanz und versuchte, ihn dazu zu bringen, sich zu drehen.

»Ich zeig' dir mal, wie man damit umgeht. Paß genau auf, wie ich es schaffe, daß er ganz groß wird!« sagte Ann. Sie kniete sich neben mich und streichelte und liebkoste meinen Schwanz, als wäre er eines ihrer Meerschweinchen. Sie flüsterte, um ihn anzuregen, kitzelte und rieb seine Unterseite, reizte ihn, während Rosemary auf das Wunder wartete. Unter ihrem unverwandten, starren Blick wollte das Tierchen jedoch nicht zum Leben erwachen, und ich schlüpfte wieder in meine Hose.

Nur wenige Tage später spielte Rosemary bei uns, als ich nach Hause kam. Ich rannte in mein Zimmer hinauf, um ihr zu entgehen. Sie folgte mir und fragte: »Kann ich ihn herausholen?«

»Wen herausholen?«

»Du weißt doch – dein Ding. Deinen kleinen Piephahn. Bitte!«

»Er wird dir nicht gefallen«, sagte ich dumpf.

»Ich mag ihn. Wirklich!«

»Dann nehme ich an, daß du es tun darfst.« Ich war nicht gerade scharf darauf, daß sie es tat, aber es schien unhöflich zu sein, wenn ich ablehnte. Die Eltern hatten besondere Mühe darauf verwandt, uns mit den Regeln der Gastfreundschaft vertraut zu machen.

Ich stand da, während sie unbeholfen meinen Hosenstall aufknöpfte, wobei ich auf sie und ihre Zöpfe hinunterschaute. Sie hatte einen weißen Scheitel, der unerwartet hübsch aussah. Amateurhaft tastete sie sich in meine Hose, suchte sanft herum, um den Eingang in die Unterhose zu finden. Indem er ihre Annäherung spürte, sprang mein Schwanz in Habachtstellung hoch.

Sie zog ihn heraus. »Er ist ja heute furchtbar groß!«

Bewundernd strich sie mit einem Finger am Penisschaft entlang.

»Du kannst ihn reiben, wenn du willst«, sagte ich mit überlegener Miene. Ich zeigte ihr, wie es gemacht wurde. Sie fing an, aber Ann rief sie, und sie rannte hinaus.

Als sie gegangen war, erinnerte ich mich, wie ihr Scheitel ausgesehen hatte, und ich wünschte nachträglich, ich hätte sie gebeten, mir ihre Spalte zu zeigen. Es kam mir nie in den Sinn, sie nachher noch einmal zu fragen.

Das Leben ging weiter. Nelson arbeitete intensiv für sein Examen. Er trug mittlerweile eine Brille und zog sich noch mehr von uns zurück. Trotzdem fanden unsere Wedelsitzungen weiterhin statt, wenn auch noch heimlicher; Nelson war es nun lieber, wenn Ann nicht mehr daran teilnahm. Er sagte, es sei »schlecht für sie«.

Eines Morgens kam er in mein Zimmer geschlichen und

sagte: »Horace, Junge, ich kann kommen!« Indem er seine Pyjamahose runterzog, zeigte er mir seinen Penis, der groß und schlaff dahing; er hatte gerade masturbiert. Oberhalb der Wurzel wuchs ein erster weicher Haarflaum: nicht viel, aber ganz eindeutig Haare! Ich hatte gehört, daß das, was wir damals Saft nannten, aus den Enden ausgewachsener Penisse herausspritzte.

»Zeig's mir!« sagte ich. Er fing an, sein Organ zu reiben, es zusammenzudrücken und in die Länge zu ziehen, bis es endlich stand. Dann übernahm ich die weitere Aktion und kniete mich aufs Bett, um mich besser bewegen zu können.

»Das Badezimmer ist frei!« rief mein Vater und klopfte im Vorbeigehen an die Tür.

»Komme gleich!« rief ich zurück. Nelson wich beim Klang von Vaters Stimme zurück, aber ich faßte erneut nach seinem Schwanz und arbeitete aufgeregt weiter, während ich mit der anderen Hand mein eigenes Organ rieb.

»Oh, da kommt es schon!« keuchte Nelson und preßte die Handflächen gegen seine Oberschenkel. Ich verstärkte meine Bemühungen mit beiden Händen. Bläschen traten aus dem Ende seines Schwanzes heraus, sogar recht viele, aber sonst nichts.

»Beim letzten Mal war es viel mehr«, sagte er – doch wir waren beide nicht enttäuscht. Dies war das erste Mal, daß ich begriff, daß sexuelle Aktivitäten zu einem eindeutig sichtbaren Höhepunkt führten. Obwohl ich mich weiterhin rieb, nachdem Nelson mein Zimmer verlassen hatte, geschah bei mir nichts Vergleichbares.

In diesen Jahren wurden wir Kinder, nachdem wir über das Studium hinaus waren, da Mutter mit Ann jeden Nachmittag einen Spaziergang unternahm, verblüffend großzügig uns selbst überlassen. Mutter widmete sich wieder ihren Komitees und Nachmittagstees und Kartenspielrunden, während das Hausmädchen Ann zur Schule brachte und von dort abholte. Vater arbeitete in der Bank und kehrte häufig erst nach Hause zurück, wenn es für uns Zeit wurde, zu Bett zu gehen.

Die Hausangestellten hatten nachmittags fast genauso viel Freizeit wie wir. Während eines großen Teils meiner Kindheit hatten wir ein Hausmädchen, das im Hause wohnte, ein anderes Mädchen, das den ganzen Tag im Hause arbeitete, sowie eine Waschfrau und einen Schuhputzer, die nur vormittags kamen. Es gab auch noch ein Kindermädchen, während Mutter sich allmählich von ihrer Fehlgeburt erholte. Die Angestellten trugen eine Tracht, zu der Spitzenhäubchen und Schürzen gehörten. Wenn das alles sehr viktorianisch anmutet, muß man verstehen, daß die englischen Provinzen in den dreißiger Jahren immer noch unter dem Schatten der alten Königin litten. Meine Großmutter schrubbte noch immer ihre bemalten Holzfensterläden und wusch ihre Schutzdeckchen und ihren Perlenvorhang, während Hitlers Divisionen in Prag einmarschierten.

Wenn Hausangestellte häufig in viktorianischen erotischen Geschichten auftauchen, so ist solcher Ruhm sicherlich berechtigt. Glücklich konnte sich der Sohn schätzen, dessen Familie ein hübsches Hausmädchen beschäftigte.

Beatrice war ganz entschieden an jeglicher sexueller Tätigkeit interessiert – geradezu versessen darauf, konnte man sagen. Es gab mal eine Zeit, da hegte ich ein ziemlich heftiges Interesse für Beatrice. Die Hausangestellten teilten sich eine separate Toilette mit dem Schuhputzer im hinteren Teil des Hauses neben der Spülküche und der Schuhkammer. Es gelang mir mehrmals, dorthin zu eilen und Beatrice mit heruntergelassener Unterhose beim Pinkeln zu ertappen. Sie reagierte stets zornig, und erst ihre letzte Drohung, alles »der gnädigen Frau« zu erzählen, kurierte mich von dieser Angewohnheit.

Diese Episode lag schon zwei Jahre zurück, als sie mich dabei überraschte, wie ich mir gerade einen abwedelte.

Unsere Beatrice war auch ein wenig neugierig und schnüffelte gerne herum. Sie war ein ruhiges Mädchen, sah hübsch, wenngleich eher unauffällig aus und hatte eine Flut brauner Haare, die sie gewöhnlich zu einem Knoten frisierte. Sie setzte ihre Neigung zu Ruhe und Unauffälligkeit effektvoll ein, indem sie sich unbemerkt an uns heranschlich. So kam es auch, daß sie mithörte, wie Ann sich mit Rosemary unterhielt und ihr erzählte, was Nelson und ich gemeinsam trieben. Danach hielt sie die Augen offen, um mitzubekommen, was bei solchen Gelegenheiten geschah.

An den Nachmittagen, wenn Mutter ausging, war ich unvorsichtig. An diesem speziellen Sommernachmittag kurz vor den Ferien war ich mit einigen anderen Jungen schwimmen gewesen. Ich kam heim und fand das Haus leer und verlassen vor, konnte allerdings Beatrice in der Küche hören, wo sie Tee aufbrühte. Ich ging in mein Zimmer und, ohne mich damit aufzuhalten, die Tür richtig zu schließen, zog ich meine Schuluniform aus, um mir etwas anderes anzuziehen.

Als ich mich in dem hohen Garderobenspiegel sah, begann ich besonders zweideutige Posen einzunehmen. Ich machte einen Handstand und ließ meinen Penis bis zu meinem Magen herunterhängen. Ich klemmte ihn mir zwischen die Beine und stellte mir vor, ich hätte ein Mädchen vor mir. Ich versuchte ihn in eine enghalsige Blumenvase zu stecken, und ich umarmte und liebkoste den Spiegel.

Das Objekt meiner Aufmerksamkeit hob den Kopf. Ich fing an, daran herumzureiben, zog mir schließlich einen Stuhl heran und setzte mich, massierte träge weiter und betrachtete mich bewundernd im Spiegel. Ich fragte mich dabei, warum meine Eltern es für angebracht gehalten hatten, mich meiner mir rechtmäßig zustehenden Vorhaut zu berauben.

Als mein kleiner Schwanz so steif und hart war wie eine Rute, ließ ein Geräusch mich herumfahren. Dort stand Beatrice und wirkte ziemlich seltsam, wobei ihr Gesicht mir sofort verriet, daß sie mich beobachtet hatte.

Alles schien plötzlich im Zeitlupentempo abzulaufen.

»Ich werde Ihrer Mutter erzählen, was Sie da tun!« rief sie aus.

Sie kam fast gegen ihren Willen auf mich zu. Ich preßte meine Oberschenkel zusammen und stand auf, deckte meine Hände über mein Gerät und starrte sie an, entsetzt und unfähig, ein Wort herauszubringen. Die Stille im Zimmer war körperlich spürbar.

»Ich sag's Ihrer Mutter.«

Sie zog meine Hände weg. Mein Schwanz stand immer noch und ragte von meinem Körper schräg ins Zimmer. Sie berührte ihn. Faßte ihn entschlossen an.

»Wenn Sie schon soweit gekommen sind, dann sollten Sie lieber weitermachen, Horatio. Machen Sie schon! Lassen Sie mich zusehen, wie Sie es tun!« Sie drängte mich, während ich zögerte. Unfähig, es in ihrem Beisein zu tun, wich ich vor ihr zurück.

Sie ergriff erneut meinen Schwanz und fing an, ihn zu reiben, wobei sie in einem fort murmelte: »O du böser, böser Junge! Du darfst ihn doch nicht selbst reiben! Das mußt du nicht tun!«

Ihr anderer Arm legte sich um meinen Rücken, und sie sank auf ein Knie. Sie arbeitete emsig weiter, und ihr Gesicht rötete sich erregt. Sie hielt meinen Schwanz ziemlich elegant zwischen Daumen und zwei Fingern, wobei sie ihren kleinen Finger geziert abspreizte, wie sie es auch immer tat, wenn sie aus einer Teetasse trank. Ich war bereits gewitzt genug, um zu erkennen, daß meine Mutter nie etwas erfahren würde. Ich war immer noch sprachlos, aber nun vor Erregung. Obgleich ich mich in meiner mädchenfeindlichen Phase befand, war Beatrice eigentlich schon zu alt, um als Mädchen im strengen Sinn zu gelten, und das Vergnügen war einfach exquisit.

»Leg dich aufs Bett«, sagte sie. Während ich es tat, schloß sie die Tür. Dann kam sie zu mir.

Zum erstenmal befand ich mich zusammen mit einer Frau in der Horizontalen.

Wir zitterten beide. Sie lag halb auf mir und wedelte mir einen ab, jedoch nun aus einer weniger günstigen Position. Gleichzeitig küßte sie mich. Ohne zu wissen, was ich eigentlich vorhatte, griff ich ihr unter den Rock, ließ meine Hand über ihre schwarzen Baumwollstrümpfe gleiten und ertastete ihr Bein. Als ich plötzlich begriff, was ich da tat, zögerte ich.

»Mach weiter!« forderte sie mich auf. Sie drückte sich meine Hand mitten in den Schoß. Ich schob meine Hand in eine Beinöffnung ihres Schlüpfers, während sie die Beine spreizte – und dann befand sich zum erstenmal dieser einzigartige Gegenstand flatternd in meiner Hand, feucht und pelzig und unbeschreiblich aufregend. Ich hielt ihn fest, während sie weiterrieb. Dann überkam mich ein seltsames Gefühl, das seinen Ursprung wer weiß wo hatte und sich allmählich in meinem ganzen Körper ausbreitete.

Ich fiel benommen nach hinten, meine Hand löste sich von ihrer Muschi, ich keuchte nur noch, während sie mich auf den offenen Mund küßte und mich wie wild wichste. Das Gefühl brandete auf und steigerte sich und entfaltete sich großartig, und mein Körper schien sich in Dutzende von in grenzenloser Seligkeit schwimmenden Partikeln aufzulösen. Es war mein erster Orgasmus. Ich schlang die Arme um Beatrice und lag da mit meinem Kopf auf ihrer Brust; so verharrten wir einige wundervolle Minuten.

Die Schönheit dieses Erlebnisses verwirrte mich noch einige Zeit. In meiner Reaktion darauf lag eine ehrfürchtige Scheu, eine Scheu vor meinen eigenen verborgenen Fähigkeiten, Scheu vor der verwirrenden Großzügigkeit der Frauen, die solche Wunder geschehen lassen konnten, und ein wenig Scheu auch vor der Welt, die solche geheimen Freuden zuließ. Ich erkannte, daß England und sein schönes Geschlecht durchaus den gesamten Schatz einer indischen Goldmine wert waren.

Ein Teil meiner Verwunderung drückte sich auch in der Tatsache aus, daß das, was geschehen war, ein einmaliges Ereignis blieb. Ich bemühte mich einige Zeit auch gar nicht, diesen Zustand zu ändern.

Ich vertraute darauf, daß solche Freuden, solche Offenbarungen sich wiederholen könnten. Unglücklicherweise sah Beatrice das etwas anders. Obgleich sie von Lust überwältigt worden war, als sie mich nackt vor dem Spiegel hatte posieren sehen, mußte sie später, nun etwas kühleren Blutes, von ihrem Gewissen gepeinigt worden sein, so daß sie annahm, sie hätte einen zwölfjährigen Jungen verführt – wenn es wirklich das war, was sie getan hatte. Sie entschied, daß sie mir nie mehr zu nahe kommen dürfte, und ging dazu über, mich im Haus zu meiden.

Als ich das erkannte, war ich zutiefst gekränkt. Damals kam mir nicht in den Sinn, daß sie vielleicht irgend etwas Sündhaftes in dem sehen konnte, was wir getan hatten; wenn sie mir aus dem Weg ging, dann doch wohl nur, weil sie mich nicht besonders mochte. Ich lag da und wartete auf sie, versuchte sie allein in der Küche zu stellen oder auf dem Treppenabsatz im ersten Stock. Einmal wagte ich mich in meiner Verzweiflung sogar in den zweiten Stock, wo sich die Zimmer der Hausangestellten befanden, und schlich mich in ihr kleines Zimmer und flehte sie an – um am Ende von ihr abgewiesen zu werden.

Während dieser traurigen Zeit masturbierte ich, um mich zu trösten, und Ann machte es ebenfalls bei mir, aber es geschah ohne Hingabe, obgleich ich nun bei jeder Gelegenheit zum Orgasmus gelangte – immer noch ohne zu ejakulieren. Hehrere Gefühle erreichte ich allein, wenn ich von Beatrice träumen und sie mir vorstellen konnte. Es kam mir niemals in den Sinn, Ann zu erregen; und anscheinend kam auch sie niemals auf die Idee, daß sie erregt werden könnte.

Die Sommerferien brachen an. Ich kam mit einem ziemlich ungünstigen Zeugnis aus der Schule nach Hause. Vater äußerte sich nicht dazu; Mutter erklärte mir, er sei sehr wütend und von mir enttäuscht; aber eigentlich war er immer von mir enttäuscht.

Wie üblich fuhren wir zu unserem Bungalow am Meer. Vater fuhr uns hin und besuchte uns an den Wochenenden, wohnte unter der Woche allein zu Hause und wurde von einer der Hausangestellten versorgt. Das andere Hausmädchen begleitete uns ans Meer. Bei dieser Gelegenheit stellte ich mit gemischten Gefühlen fest, daß Beatrice mit uns kam.

Ich wünschte, ich könnte mich besser an diesen kleinen Schatz erinnern. Die wirkliche Beatrice wurde durch die langen Jahre meiner Phantasien immer undeutlicher. Nichts stellt sich bei dem Gedanken an sie ein als die aufregende Empfindung ihrer Muschi an meinen Fingern, nachgiebig und prall. Sie dürfte nicht älter als neunzehn gewesen sein. Ich verehre sie noch immer!

Sie mußte den Weg zu unserem Bungalow per Eisenbahn und Autobus bewältigen, eine Reise, während der sie ein halbes Dutzendmal umsteigen mußte, denn es hätte sich einfach nicht gehört, wenn man die Hausangestellte im Wagen mitgenommen hätte, selbst wenn man sie noch in den kleinen heißen schwarzen Rover irgendwie hätte hineinzwängen können.

Die Ferientradition unserer Familie wurde mittlerweile schon als Last empfunden. Der Bungalow war für uns alle etwas eng geworden, obgleich Vater ein großes Wohnzimmer hatte anbauen lassen und das ursprüngliche Wohnzimmer in zwei Schlafzimmer aufgeteilt hatte. Bei dieser Gelegenheit regnete es furchtbar, als wir ankamen. Auch Nelson war ziemlich fader Stimmung. Seine Schulabschlußprüfung schwebte wie ein Damoklesschwert über ihm, und er hatte ein riesiges Paket Schulbücher mitgenommen, um zu arbeiten und sich vorzubereiten. In meiner Niedergeschlagenheit hatte ich ihm die Affäre mit Beatrice gestanden; er hatte versprochen, bei Beatrice ein Wort für mich einzulegen, doch dabei war wohl nichts herausgekommen.

Der langweilige Tag unserer Ankunft erwacht in meiner Erinnerung wieder zum Leben! Ich ergriff die Hand meiner Schwester, und wir rannten in unseren Regenmänteln hinunter zum Meer. Sie suchte interessante Steine und schrie immer dann begeistert auf, wenn sie einen fand. Ich schleuderte Treibholz in die Wellen. Es verstrich mehr Zeit, als uns bewußt war, bis ein heftiger werdender Regen uns ins Haus zurücktrieb. Mutter hatte die großen Petroleumlampen mit ihren bauchigen transparenten Schirmen angezündet, und alles wirkte gemütlich und heimelig, als Ann ihre Schätze auf dem Tisch ausbreitete. Wo war Vater? Da das Wetter so wenig Änderung versprach, hatte er eine Tasse Tee getrunken und war sofort nach Hause zurückgefahren.

Und dabei hatte er nicht daran gedacht, sich von Ann und mir zu verabschieden!

Schließlich änderte sich das Wetter doch am nächsten Tag. Es wurde sonnig und trocken, während ein kühler Wind, wie er für die Küste in North Norfolk typisch ist, über die Sandflächen wehte. Ann und ich liebten die breiten Strände und spielten den ganzen Tag im Sand. Ann konnte schwimmen wie ein Delphin; Nelson war ein guter Taucher; aber ich konnte weiter schwimmen als sie und länger unter Wasser bleiben.

Eines Morgens beschloß Mutter, sich ein Kleid zu kaufen, und fuhr mit Ann nach King's Lynn; Ann freute sich auf die Eisenbahnfahrt. Beatrice sollte auf uns Jungen aufpassen. Mittlerweile war meine Sympathie für Beatrice auf den Nullpunkt gesunken, und ich rannte hinunter zum Strand, nachdem ich Mutter und Ann zum Abschied gewunken hatte. Ich fand ein paar braungebrannte, zerlumpte Jungen und spielte mit ihnen auf einem breiten Sandstreifen Kricket.

Als ich zum Bungalow zurückkehrte, ließ irgendein Instinkt mich besonders leise auftreten. Ich warf meine Turnschuhe in die Hecke und schlich über den Sandweg. Die meisten Fenster standen offen – ich mußte also irgendwie das Stimmengemurmel gehört haben. In allen Löwenmäulchen im Vorgarten gingen summende Bienen ihrer Sammeltätigkeit nach.

Nachdem ich zu einem der großen Seitenfenster gehuscht war, spähte ich mit einem Auge über das Sims, wobei mein Herz in der Vorahnung von etwas Schlimmem heftig schlug. Dieses Fenster hatte mal zu dem alten Wohnzimmer gehört.

Eine Trennwand teilte es jetzt in zwei ungleiche Zimmerchen auf. Die größere Fensterhälfte spendete dem Schlafzimmer meiner Mutter Licht, die kleinere Hälfte dem Zimmer der Hausangestellten.

Aus Bequemlichkeitsgründen hatten Nelson und Beatrice sich entschieden, sich auf das Doppelbett im Zimmer meiner Mutter zu legen. Sie machten gerade eine Pause. Er war nackt bis auf sein Flanellhemd und hatte seine Brille abgenommen. Sie trug immer noch ihre gesamte Kleidung bis auf den Schlüpfer, der auf den Fußboden gefallen war. Die restlichen Sachen waren bis zu ihren Brüsten hochgeschoben worden. Er küßte ihren Bauch. Beatrices Gesicht konnte ich nicht sehen.

Nach einigen Sekunden bewegte Nelson sich, so daß ich erkennen konnte, daß er eine heftige Erektion hatte. Er öffnete ihre Beine und kniete sich dazwischen, als wollte er in sie eindringen, doch sie richtete sich auf und nahm seinen Schwanz in die Hand und blickte ihn innig an, als wäre er eine Kristallkugel, in der sie ihre Zukunft lesen konnte. Ich dachte, mein Gott, es gefällt ihr! und empfand dabei ein nicht gelindes Entsetzen.

Sie legte sich wieder nach hinten, und es kam zu einem wilden Gefummel, während Nelson versuchte, ins Loch hineinzukommen. Unglücklicherweise konnte ich von dieser Aktion überhaupt nichts sehen. Irgendwie klappte es nicht richtig, oder sie waren beide noch unerfahren und amateurhaft. Nelson schlaffte leicht ab und legte sich neben sie. Sie fingen an, sich gegenseitig zu reiben und leise zu stöhnen. Nun konnte ich unter seinen Fingern auch etwas kleines, rosig Leuchtendes ausmachen. Der Anblick trieb mich fast in den Wahnsinn – mittlerweile mußte ich halb zum Fenster hineingestiegen zu sein, und die Augen sprangen mir fast aus dem Kopf.

Nelson versuchte es noch einmal, rollte sich auf sie, und diesmal, indem er ihn zwischen sie stieß, bohrte er seinen Schwanz in sie hinein, begleitet von wildem Lustgestöhn, und begann seinen Hintern zu bewegen, auf und nieder, auf und nieder, wobei seine Beine gerade ausgestreckt zwischen ihren angewinkelten lagen.

Heftige Fieberschauer benebelten mir die Sinne. Ich schlich vom Fenster weg, sank auf dem Erdboden in die Knie, stürzte zwischen die Blumen und entdeckte dabei, daß ich, in meiner Faszination, unbewußt meinen Schwanz aus seiner Behausung herausgezogen und wild zu orgeln begonnen hatte, natürlich mit den unvermeidlichen Ergebnissen. Ich ärgerte mich, daß es passiert war, ohne daß ich etwas davon bemerkt hatte, und ich hatte zugleich Angst, daß jemand mich von der Straße aus beobachtet hatte; aber es schien niemand in der Nähe zu sein, und irgendwann raffte ich mich wieder auf und linste wieder durch das Fenster.

Ich sah, wie ihr beneidenswerter Höhepunkt stattfand, dieses aufregende Zucken der Gliedmaßen! Fast gleichzeitig richtete Beatrice sich auf und griff nach einem Handtuch, um sich abzuwischen – zweifellos aus Furcht vor den möglichen Folgen ihres Liebesspiels. Um dies gründlich zu erledigen, saß sie auf der Bettkante und spreizte die Beine weit. Von meinem Standort aus hätte ich sicherlich eine herrliche Aussicht auf ihre Geheimnisse gehabt, aber nach einem schnellen hungrigen Blick mußte ich in Deckung gehen, da sie mich sofort bemerkt hätte, wenn sie den Kopf gehoben hätte.

Alles, was ich beobachtet hatte, machte mich fast wahnsinnig vor Begierde. Kleine Bläschen schienen in meinem Gehirn zu zerplatzen! Ich rannte mit heraushängendem Schwanz durch das ganze Haus, barfuß, wichste wie ein Wilder, ohne darüber nachzudenken, ob jemand kommen könnte oder nicht. Schließlich warf ich mich auf einen Haufen gemähten Grases und ließ meine Hand wieder ans Werk gehen, während ich mit meinem Körper wilde Verrenkungen vollführte.

Aber die Leiden waren noch lange nicht überstanden.

Beatrice bereitete uns ein schnelles Mittagessen, und wir verzehrten es auf dem Balkon in vielsagendem und verbissenem Schweigen.

Nachher kam Nelson zu mir und hielt mir drohend eine geballte Faust unter die Nase und sagte: »Wenn du irgend jemandem verrätst, was heute morgen passiert ist, dann schwöre ich, daß ich dir den Schädel einschlage!«

Große Angst überkam mich. Wie konnte er wissen, daß ich Bescheid wußte? Später entdeckte ich, daß er mich vom Fenster seines Zimmers aus beobachtet hatte, wie ich mich wichsend im Gras herumgewälzt hatte. Er hatte geahnt, was mich zu diesem bizarren Verhalten getrieben hatte. Aber ich habe mich seitdem immer wieder gefragt, ob er mich in Wirklichkeit nicht schon am Fenster gesehen und aus der Tatsache zusätzlichen Genuß gewonnen hatte, daß er seinem jüngeren Bruder seine Fähigkeiten vorführen konnte.

Ich sah ihn mit dem Ausdruck des Besiegten an und flehte: »Laß es mich mit Beatrice tun, Nelson!«

»Du bist zu jung. Es ist nicht gut für dich.« Er war jetzt sehr freundlich. »Nun komm schon, ich wedel' dir einen ab, wenn du möchtest.«

»Ich will nicht, daß du es tust!« Aber er öffnete meinen Hosenstall, und ganz gleich, was mein Kopf dachte, mein kleines Gerät war dieser Idee nicht abgeneigt.

»Hol Beatrice!« bettelte ich.

»Psst! Leg dich aufs Bett, und ich besorg' es dir wie noch nie.«

»Oh, du mußt einfach!«

Es war ein ziemlich hellhöriger Bungalow, und der umsichtige Erbauer hatte nicht gewollt, daß er irgendwelche Geheimnisse bewahren konnte. Beatrice war mißtrauisch oder zumindest beunruhigt gewesen; sie tauchte jetzt in der Türöffnung auf und umklammerte ein Geschirrtuch.

Der Schock, uns in dieser verfänglichen Haltung zu überraschen, löste ihre »Das sage ich eurer Mutter«-Drohung aus; doch genauso trieb der Anblick eines männlichen Geschlechtsorgans sie an weiterzugehen.

Ich rannte kreischend auf sie zu, den Schwanz in der Hand, und bot ihn ihr dar, wie ein Verliebter es mit einem Blumenstrauß machen würde. Ich bettelte darum, daß sie mich mit ihr tun ließ, was Nelson getan hatte, wobei ich beteuerte, daß ich nicht zu jung dazu wäre und das Geheimnis ganz gewiß bewahren würde.

Über meinem Kopf hinweg sagte sie erbost zu Nelson: »Du verkommener kleiner Bastard, du hast ihm alles erzählt!«

»Er hat uns gesehen!« sagte Nelson.

Sie starrten sich gegenseitig an.

Begierig, daß sie sich mir zuwandten, und darauf bedacht, so viele Konzessionen wie möglich zu machen, sagte ich: »Bitte, Beatrice, bitte, laß es mich wenigstens einmal tun – ich habe nichts dagegen, wenn du es gleichzeitig auch mit Nelson machst, bitte!«

»Ich muß es wohl deinem Vater mitteilen«, sagte sie voller Gemeinheit, da sie zu tief in der Sache drinsteckte, so daß sie nur noch die Möglichkeit sah, sich durch eine handfeste Drohung daraus zu befreien.

Nelson wurde blaß. Er legte einen Arm um sie und einen um mich. »Hab keine Angst, Beatrice. Du weißt, daß Horatio sich ganz gut auskennt – er wird schließlich allmählich erwachsen! Er wird dir nicht weh tun. Er wird es auch niemandem verraten, wenn du es ihn einmal ganz schnell tun läßt, nicht wahr, Horatio?«

Natürlich beteuerte ich, daß ich keiner Menschenseele etwas sagen würde. Wir fingen beide an, Beatrice zu bearbeiten. Ich schaffte es, sie dazu zu bringen, meinen Schwanz anzufassen, was allein schon eine Wonne war, obgleich meine Besorgnis und Ungewißheit so überwältigend waren, daß ich meinen Ständer verlor; sie betrachtete ihn mit einem Ausdruck der Verwirrung.

Gemeinsam, unter Beteuerungen und inständigen Bitten, konnten wir sie auf die Kante meines Bettes locken. Nelson knöpfte seine Hose auf; sein Schwanz stand wieder in voller Pracht; er streckte ihn vor, als wäre er ein weiteres Argument für unser Anliegen. Wahrscheinlich glaubten wir beide, daß sie beim Anblick von zwei Schwänzen nicht würde widerstehen können; vermutlich hatten wir sogar recht. Plötzlich faßte sie einen Entschluß. Sie schüttelte uns ab, eilte aus dem Zimmer und kam kurz darauf mit ihrem Handtuch zurück. Dann legte sie sich schicksalsergeben auf das Bett und ließ uns unseren Willen.

Als ich ihre Röcke hochschob, entdeckte ich zu meiner Freude und Überraschung, daß sie sich seit ihrer letzten Aktion nicht die Mühe gemacht hatte, einen Schlüpfer anzuziehen. Ich hatte ja keine Ahnung, wie leicht Schlüpfer sich ausziehen ließen, da ich wahrscheinlich davon ausging, daß sie an den unmöglichsten Stellen zum Zuknöpfen waren, wie es in jener Zeit bei Hosen der Fall war. Da war nun ihre lockenumkränzte kleine Möse und lächelte mir schüchtern entgegen.

Sie erfüllte mich mit Freude und machte mir gleichzeitig Angst. Als sie die Beine spreizte, sah das Organ unglaublich groß aus, das Unbekannte, das greifbar vor mir lag. Das Gebilde erschien auch irgendwie kompliziert, da ihm die einfachen klassischen Linien meines Organs fehlte. Aber es fühlte sich gut und einladend an, und als ich es berührte, erwachte mein vergehendes Organ zu neuem Leben. Ich nahm außerdem den Duft der Jagdbeute wahr, welcher mir den Geruch ins Gedächtnis zurückrief, den ich an meinen Fingern nach meiner ersten Begegnung mit diesem verbotenen Spielzeug wahrgenommen hatte. Das war alles, was noch fehlte, um dem Mast seine stählerne Stütze zu verleihen.

Beatrice sah mich an, nüchtern und begierig zugleich. Ohne diesen Ausdruck jemals gesehen zu haben, wußte ich, daß sie es kaum noch erwarten konnte.

Ich hatte es schrecklich eilig hineinzukommen. Sie führte mich, und ich spürte, wie die Lippen ihrer Vagina meine Spitze aufnahmen und hineinsaugten, und dann versank ich in dem alles verschlingenden Kanal. Soviel immerhin läßt sich mit Worten beschreiben; aber all die vorbeieilenden Eindrücke und Wahrnehmungen, die mich erfüllten, können unmöglich mit sprachlichen Mitteln erfaßt werden. Geheime Nischen und Räume taten sich in meinem Herzen auf.

Es bedrückt mich, daß ich mich nicht an mehr erinnern kann. Ich glaube, der Orgasmus wurde allein schon bei diesem wundervollen Kontakt ausgelöst. Denn als ich herunterrollte, war Nelson neben dem Bett immer noch damit beschäftigt, sich der Ejakulation entgegenzuwedeln.

In diesen Ferien und während wir noch am Meer waren, feierte ich meinen dreizehnten Geburtstag, und Vater traf eine wichtige Entscheidung.

Ich vermute, ich bereitete meinen Eltern große Sorgen. Ich hatte immer noch meine Tobsuchtsanfälle, ich machte mich in der Schule nicht so gut, und nun hatte ich mich auch noch zurückgezogen und reagierte auf meine Umwelt nur noch mürrisch und redete kaum noch mit Nelson.

Meine Eltern konnten nicht ermessen, welche Qualen ich durchstehen mußte. Ich hatte mir vorgestellt, daß Beatrice, sobald sie mir einmal gestattet hatte, sie zu bumsen, mir auch erlauben würde, es jeden Tag zu tun. Weit gefehlt. Sie und Nelson machten mir unmißverständlich klar, daß dieses einzige Mal nichts anderes war als meine Belohnung dafür, daß ich den Mund über ihre Aktivitäten hielt. Ich dürfte keine weiteren Erkenntlichkeiten mehr erwarten. Es sei ungesund.

Eifersucht verzehrte mich. Jeden Morgen ging Mutter mit mir und Ann zum Strand hinunter. Nelson, der darauf hinwies, daß er noch lernen müsse, durfte im Bungalow bleiben – wo Beatrice das Haus sauberhielt und eine Picknickmahlzeit vorbereitete, die sie später zum Strand hinunterbrachte. Ständig hatte ich vor meinem geistigen Auge die Vision, wie sie es miteinander taten, und ich sah Beatrice vor mir, wie ihre Kleider bis zu den Achselhöhlen hochgerafft waren.

Am Meer schien Ann jegliches Interesse an der Sexualität verloren zu haben. Sie schwamm und rannte und streifte durch die Dünen und baute Sandburgen und vergaß, daß sie mir jemals einen abgewedelt hatte. Nein, einmal machte sie es noch, als ich nackt in den Dünen stand und mich selbst beglückte; sie legte beide Hände um mein Organ, war von vorne aktiv und hatte dabei die Zunge halb aus dem Mund geschoben, als malte sie ein Bild. Aber ich war innerlich zu durcheinander, um ihr meine Probleme anzuvertrauen.

Nelson haßte mich, da er mich als Gefahr für sein Vergnügen betrachtete. Er war nicht bereit, meine drängenden Fragen zu beantworten. Bei einer Gelegenheit vergaß er jedoch seine feindselige Haltung mir gegenüber, als er nämlich von Beatrice eine Neuigkeit erfuhr, die so elektrisierend und auf Anhieb so unglaublich war, daß er geradezu den Zwang verspürte, sie mir mitzuteilen.

Wenn wir alle an der See waren, bumste mein Vater Brenda, das hatte Beatrice erzählt, jeden Tag. Brenda war unser zweites Hausmädchen, eine etwas ältere Frau, die nicht in unserem Haus schlief. Wie alt sie war? Für uns uralt, aber beträchtlich jünger als Vater – wahrscheinlich Ende Dreißig.

Es war nicht Brenda, die uns interessierte: Es war Vater. Wir hatten ihn eigentlich des Bumsens niemals für fähig gehalten. Wir hatten keinen Beweis – unsere eigene Existenz war eine so lang andauernde Sache, daß wir sie nicht als Beweis anführen konnten –, daß unsere Eltern irgend etwas über Sex wußten. Und nun kam Vater, zog seine Hose herunter und küßte... und noch mehr!... die gute alte Brenda... Erstaunlich! Wenn es stimmte.

So war es also eine ganz hübsche Menge an geheimem Interesse, mit dem ich meinen Vater betrachtete, als er am nächsten Wochenende bei uns erschien. Angenommen, es stimmte, daß er es tat, vielleicht drängte Brenda ihn, daß er es mit ihr machte? Vielleicht hatte sie irgendeine geheime Macht über ihn? Vielleicht schuldete sie der Bank eine astronomische Summe und hatte ihm gedroht, nicht zu zahlen, wenn er sie nicht regelmäßig in jeder Mittagspause beglückte? Oder vielleicht trieben sie es auch abends? Vor oder nach dem Tee. Ich stellte es mir als formelle Affäre vor, wobei keiner mit dem anderen sprach. Manchmal malte ich mir aus, daß sie es in der Bank taten, am Kassenschalter, wo sie sich auf runden Geldsäcken räkelten.

Vater wirkte so wie immer. Bei Erwachsenen konnte man nie genau sagen, woran man war. Er begleitete uns an den Strand, stieg in seinen auffällig schwarz-rot gestreiften Badeanzug und schwamm mit uns. Er trank später Tee aus unseren Bakelittassen und aß aufgeweichte Tomatensandwiches, die leicht nach Pergamentpapier schmeckten.

Am Abend, als die Petroleumlampen angezündet wurden, ging er mit mir auf mein Zimmer und sagte, er wolle sich mit mir unter vier Augen unterhalten.

Mein Herz vollführte in meiner Brust einen Salto. Beatrice hatte ihm von meinen Sünden erzählt! Er würde mir eine Predigt halten.

Oder – noch schlimmer! – er wollte mir erzählen, was zwischen ihm und Brenda war, von Mann zu Mann!

Oder noch viel schlimmer – er würde beides tun. »Junger Mann, ich weiß, was du mit der einen Hausangestellten treibst, daher werde ich dir schildern, was ich mit der anderen tue. Ich werde es dir in derart widerwärtigen Worten und Einzelheiten schildern, daß du keine Frau mehr ansehen wirst. Erstens habe ich schon mal nicht so einen Schwanz wie dein lächerliches kleines Ding. Ich habe einen viel größeren aus Fleisch und Kork, den ich immer anschraube …«

Es war überhaupt nichts in dieser Richtung. Er eröffnete mir, daß er mich im nächsten Trimester auf ein Internat schicken wolle. Es wäre nur zu meinem Besten.

Ich weinte plötzlich und sagte, daß er mich nicht mehr liebe und daß Mutter mich nicht liebe, sonst würden sie mich nicht wegschicken. Er erwiderte, das wäre überhaupt nicht wahr; sie liebten mich sehr, genau deshalb würden sie mich ja auch wegschicken. In einem Internat würde ich viel mehr lernen, als ich es im Augenblick tat, und in meinem späteren Leben jeden möglichen Erfolg haben.

Im späteren Leben Erfolg zu haben klang für mich genauso abstoßend und ähnelte in etwa der Vorstellung, daß man am jüngsten Tag aus seinem Grab klettert und von Gott gerichtet wird. Ich jammerte, daß ich alles tun würde, was sie von mir verlangten, daß ich noch härter arbeiten würde, daß ich keinen Tobsuchtsanfall mehr haben würde und so weiter, wenn ich doch nur zu Hause bleiben dürfte.

Vater wurde ungehalten. Er meinte, ich solle mir die Nase putzen und mich nicht benehmen wie ein Kind. Er haßte Szenen; er haßte es, seine Kinder traurig zu sehen; aber er hatte mich längst in einem großen grauen Internat im Peak District angemeldet, nicht zu weit – wie er sagte – von zu Hause.

Er mußte angenommen haben, daß weder Nelson noch ich in der Schule besonders gut waren; auch hatte unsere höhere Schule keinen besonders guten Ruf. Während es in Nelsons Fall zu spät für einen Schulwechsel war, bestand immer noch die Chance, daß ich in den Genuß einer besseren Ausbildung kommen konnte. Er liebte uns und wollte, daß wir es zu etwas bringen, so wie er es auf seine bescheidene Art geschafft hatte.

Für mich stellte sich die ganze Angelegenheit etwas anders dar. Die Tatsache, daß ich weggeschickt wurde und mein älterer Bruder nicht, verriet mir genug. Mit meinem schuldbeladenen Gewissen entschied ich, daß sie mich einfach nicht mehr ertragen konnten. Hatte Mutter mich nicht immer verlassen wollen? War das nicht nur eine besonders clevere Methode, sich meiner zu entledigen? An diesem Punkte wagte ich es nicht, sie offen zur Rede zu stellen, sondern ich ritt eine direkte Attacke auf ihre Gefühle, weinte und schluchzte und jammerte und wurde krank und hatte richtige Anfälle und flehte sie dabei an, mich nicht ziehen zu lassen.

Sie war geduldig und so nett wie möglich zu mir. Aber es gab nichts, was sie hätte tun können, um den Gang der Dinge zu ändern. Papa hatte beschlossen, daß es gut für mich wäre, nach Branwells zu gehen, und daher wäre Branwells auch meine nächste Schule. Ich sollte das Ganze lieber mannhaft tragen. Sobald ich erst einmal dort wäre, würde ich schon meinen Spaß haben. Außerdem gäbe es dort jede Menge Jungen, mit denen ich spielen könnte…

Die Freuden und Schrecken der englischen Internate sind schon längst gründlich erforscht worden. Nicht daß mich das davon abhalten kann, einen Bericht über meine eigenen Erfahrungen anzufertigen. Aber bei dieser Vorstellung überkommt mich Langeweile. Die vier Jahre, die ich, nicht allzu unbequem, im regennassen, zugigen Branwells im steinigen Derbyshire verbrachte, waren kein Zeitraum einer echten sexuellen Entwicklung. Obwohl ich niemals ausgesprochen schlecht behandelt wurde und auch selbst niemals jemand anderen schlecht behandelte, hatte die Erfahrung als Ganzes in ihrer totalen Negativität eine deprimierende Wirkung auf mich. Daher kann, bis auf eine denkwürdige Episode, die ganze Periode kurz abgehandelt werden.

Zuerst war ich völlig erschlagen von der Fremdheit aller Dinge; von der Unvertrautheit, der Größe und der Ungemütlichkeit. In Branwells gab es dreihundert Insassen, die ein Gefängnisleben führten, ohne irgendein Gericht zu ihrem Schutz anrufen zu können. Wir wurden von Präfekten und Lehrern geschlagen, oft aus reiner Freude an der Gewalt. Wir bildeten untereinander kleine Banden, wir beleidigten uns gegenseitig, wir pfuschten im Unterricht, wedelten im Schlafsaal und prügelten uns auf den Korridoren; nur auf dem Rugbyplatz spielten wir fair, denn Fairness war eine der wichtigsten Spielregeln. Erst als wir den Frieden und die Erhabenheit der sechsten Klasse erreicht hatten, war es möglich, sich etwas zivilisierter zu benehmen und so etwas wie echte Freundschaften zu schließen. Als ich endlich diesen sicheren Hafen erreichte, flog Chamberlain gerade los, um Adolf Hitler zu beruhigen, und wir hoben nutzlose Gräben hinter dem Sanatorium für den Fall aus, daß es einen Luftangriff geben sollte.

Anfangs war ich fast froh über die Befreiung vom Sex, für die der hektische Schulalltag sorgte. Dieses Gefühl verging jedoch im weiteren Verlauf des Trimesters. Erst nach und nach erkannte ich, daß um mich herum eine ganze Menge sexueller Aktivität im Gange war.

Wenn ich meine Erinnerungen mit denen anderer Überlebender des Internatssystems vergleiche, muß ich erkennen, daß Branwells noch eine ziemlich humane Institution war. Sexuelle Nötigung gab es so gut wie gar nicht. Niemand zwang mich jemals, etwas zu tun, was ich nicht tun wollte; obgleich eine Gruppe von Präfekten mich einmal zwecks einer genaueren Inspektion die Hose herrunterziehen ließ und einer von ihnen mein kleines Gerät mit dem Ende seines Rohrstocks berührte, mißbrauchten sie mich nicht.

Die Sexpraktiken beschränkten sich fast ausschließlich auf die Masturbation und die gegenseitige Masturbation – »Versicherung« genannt nach der Gesellschaft für gegenseitige Rückversicherung, die unweit der Schule eine Agentur betrieb. Päderastie und widernatürliche Unzucht schien niemand in den Sinn zu kommen und wäre wahrscheinlich auch mit einem Stirnrunzeln beobachtet worden; Fellatio war zwar bekannt, aber der Gelutschte zu sein wurde als nahezu ebenso unmännlich betrachtet, wie der Lutschende zu sein. Die Verhaltensregeln beim Masturbieren waren sehr streng, und sie bieten einen interessanten Einblick in das Leben der britischen Mittelschicht, denn man kann sie wie folgt zusammenfassen: Man wichst niemals seine Freunde. Mögliche Gewichste rekrutierten sich in der Hauptsache aus folgenden drei Gruppen: Nachbarn oder Fast-Nachbarn im Schlafsaal, ganz gleich wie locker oder gar feindselig geprägt die Beziehung war, die man mit dem Betreffenden tagsüber unterhielt, Nachbarn im Klassenzimmer, ganz gleich wie locker oder gar feindselig geprägt der Umgang war, den man mit ihnen tagsüber pflegte, und den jüngsten Schülern.

Wenn man bedachte, daß fast jeder irgend jemanden wichste, war die Diskretion, die diese Aktivitäten begleitete, enorm. Freunde durften nicht gewichst werden; sie konnten immerhin als Vertraute für die Weitergabe von Wichsgeheimnissen dienen; aber diejenigen, die sich strikt an die ungeschriebenen Gesetze hielten, bewahrten ein totales Stillschweigen über alle wichtigen Wichsangelegenheiten – als da wären, wie oft jemand wichste und wann und mit wem. Bei einer einsamen Masturbationssitzung angetroffen zu werden galt als Schande.

Sobald in den Schlafsälen das Licht ausging, trat eine tiefe, aber zugleich auch widerhallende Stille ein. Es wurde als Unsitte betrachtet, wenn man es zuließ, daß die Bettfedern quietschten, obgleich es einige Pechvögel mit schlechten Betten gab, deren Federn ständig Geräusche von sich gaben; diese Jungen verloren ausnahmslos sehr viel an Ansehen oder gingen dazu über, ihre vorwitzigen Genitalien zu anderen Tageszeiten zu trainieren. Es gab nicht diese ungezwungene und fröhliche Kameradschaft, wie man sie in bestimmten Kasernenstuben in der Armee finden kann, wo der Hauptgefreite, sobald er das Licht ausgeknipst hat, gutgelaunt verkündet: »Schwänze – Achtung! Wichspositionen einnehmen! Auf die Plätze, fertig – los! Wer nicht wichsen kann, tut so als ob!«

Bei der übertriebenen Branwells-Forderung absoluter Geheimhaltung bei absoluter Aktivität gab es gelegentlich Ausnahmen, sobald mehr als zwei oder drei Jungen gleichzeitig beteiligt waren oder wenn alle bei einer Sexorgie mitmachten.

Die einfachste solcher Aktionen war die Maginot-Linie. Diese wurde in den Schlafsälen veranstaltet und fand gewöhnlich anläßlich einer kleinen Feier statt, nachdem die Schule aus irgendeinem sportlichen Wettstreit siegreich hervorgegangen war. Die Maginot-Linie bestand aus einer Reihe Kameraden, die sich zwischen den Betten aufstellte, in der jeder sich den Schwanz seines rechten Nebenmannes griff und auf ein Zeichen hin zu reiben begann. Manchmal bekam das Ganze auch den Charakter einer Konkurrenz, wenn nämlich darum gerungen wurde, wer wen als erster zum Höhepunkt bringen konnte.

Ein Ritual, dem schon eher der Charakter einer Prüfung innewohnte, war die einsame Pilgerfahrt, wenn ein Insasse des Schlafsaals, in dem bis zu vierzig Jungen wohnten, sich entschloß, die Runde von Bett zu Bett zu machen und bei jedem zum Abwedeln haltzumachen.

Dies war ein ziemlich angenehmes Ritual. Der Fließbandcharakter dieser Aktion befreite von der Scham, die man vor den schüchterneren Insassen des Schlafsaals empfinden mochte. Eine Pilgerfahrt gestattete außerdem den häßlicheren Jungen – denen, die als zu abstoßend galten, um von anderen gewichst zu werden –, in den Genuß eines angemessenen Anteils der allgemeinen erotischen Spannung zu gelangen, da es bei ordnungsgemäß durchgeführten Pilgerfahrten eine Ehrensache war, jeden der Anwesenden zu bedienen. Der Pilger beendete dann seine heilige Runde mit einem qualvoll steifen Penis. Er durfte sich dann entweder selbst Erleichterung verschaffen oder sich jemanden nach seinem Gusto aussuchen, der dies für ihn übernahm.

Es wurden außerdem »Versicherungsvereine« gegründet. In meinem zweiten Trimester wurde ich in einen solchen Verein in unserer Ecke des Schlafsaals aufgenommen. Mein Bett war das vorletzte einer Bettreihe; der Kamerad im letzten Bett, ich und die nächsten beiden neben mir bildeten einen Viererclub. Abwechselnd schlüpften wir jede Nacht aus unseren Betten und wedelten jeweils allen anderen einen ab; dabei konnten wir es uns gleichzeitig selbst besorgen oder uns von den anderen helfen lassen, aber der Turnusplan mußte jede Nacht eingehalten werden. Weder Wichser noch Gewichster durften sich unter irgendeinem Vorwand ihrer Pflicht entziehen, außer einer mußte am nächsten Tag in einem Sportteam des Hauses oder der Schule antreten. In diesem Fall mußte er seine Kräfte schonen.

Wir gründeten den Verein am zweiten Abend des Trimesters. Er bestand fast sechs Wochen lang, bis zur Trimestermitte, als eine Grippeepidemie uns den Vorwand lieferte, ihn einschlafen zu lassen. Trotzdem war es recht vergnüglich gewesen, vier prachtvolle, fähige Geräte waren beteiligt gewesen; der einzige Wermutstropfen war der, daß es so lange dauerte, Partington zum Höhepunkt zu bringen, so daß wir anfingen, uns an seinem Bett zu langweilen. Wir anderen reagierten da angenehmerweise viel schneller. Rivers brauchte nur wenige Streiche, um abzudrücken, vor allem in der Anfangszeit unseres Vereins.

Dieser Club war für mich sehr gut, denn anfangs stand ich dieser ganzen Thematik und Aktion etwas schüchtern gegenüber, doch unsere Form der »Versicherung« ließ zu, daß die Beziehungen völlig unpersönlich blieben. Keine Form von Zuneigung spielte dabei eine Rolle.

Gleichzeitig konnte ich meine Untersuchung zum Problem des unbeschnittenen Penis wieder aufnehmen, da der Zufall es wollte, daß die drei anderen Mitglieder des Vereins mit dem ausgestattet waren, was ich nicht mehr besaß. Dieses zusätzliche Stück Haut kam mir vor wie ein außergewöhnlicher Luxus. Sie ließ sich wunderbar zurückziehen, und darunter war es feucht und glitschig und Beatrices Muschi nicht unähnlich. Smiths Vorhaut schob sich ganz von allein zurück, wenn sein Penis zur Erektion anschwoll. Partington hatte einige Zentimeter davon und konnte sie nur mühsam zurückziehen; er hatte es am liebsten, wenn man es ihm bei vorgeschobener Vorhaut besorgte, wohingegen Rivers es mit zurückgeschobener bevorzugte. Dieser Variantenreichtum faszinierte und bedrückte mich zugleich.

Ein Grund, warum er mich bedrückte, erscheint nun lächerlich, allerdings war er damals alles andere als lächerlich für mich.

Obwohl ich bereits erwähnte, daß Ann an Sex nicht interessiert war, während wir unsere Ferien an der See verbrachten, stimmte das nicht ganz. Sie achtete weiterhin auf alles, was sich in dieser Richtung tat. Als Vater sich am Strand umzog, um mit uns schwimmen zu gehen, beobachtete Ann ihn genau, während sie vorgab, im Sand zu spielen, und entdeckte – oder erzählte uns, daß sie entdeckt habe –, daß das Ende seines Penis mit Haut umhüllt war.

Warum also, fragte ich mich, hatte er Nelsons und meine Vorhaut entfernen lassen? Es erschien mir als ein sehr unschöner Akt. Ich zerbrach mir darüber häufig den Kopf, und ein wesentlicher Teil meiner masturbatorischen Aktivitäten jener Zeit war nichts anderes als der Versuch, die Haut intensiv zu massieren in der Hoffnung, daß sie vielleicht wieder nachwuchs.

Der größte Teil der sexuellen Aktionen in Branwells fand nach Einbruch der Dunkelheit statt. Doch es ging auch tagsüber heftig weiter, hinter den Sportplatzhecken, hinter den Schlafsaalgebäuden, in Umkleideräumen, in Duschräumen, in den Klassenzimmern, in den Labors und in der Schulkapelle, in verschwiegenen Ecken und in der Bibliothek.

Harper Junior bevorzugte vor allem die Bibliothek für seine Form von Exhibitionismus. Und er hatte wirklich etwas vorzuzeigen; es wäre schade gewesen, wenn er es in den dunklen Abend- und Nachtstunden vergeudet hätte.

Der jüngere Harper-Bruder war in vieler Hinsicht eine totale Null. Seine Augen schwammen hinter flaschenbodendikken Brillengläsern, er litt unter einer schmerzhaften Serie von Furunkeln, und er hatte Plattfüße. Er war schlecht in Sport und schlecht im Unterricht. Das einzige, was diese Mängel aufwog – und was dies in unseren Augen in hervorragender Weise schaffte –, war sein riesiges Gerät.

Das männliche Organ kommt in zwei Versionen vor. Da gibt es die Art, die ich vorweisen kann, die im Zustand der Ruhe sehr klein ist, sich jedoch beim Aufrichten enorm ausdehnt; und da ist die Art, die im schlaffen Zustand sehr groß aussieht, sich aber bei der Erektion nicht nennenswert vergrößert. Ganz gleich von welcher Art, fast alle Penisse sind zwischen zwanzig und fünfundzwanzig Zentimeter lang, wenn sie stehen. Harper Juniors Schwanz war schlaff achtundzwanzig Zentimeter lang und knapp über dreißig, wenn er sich aufrichtete. Und das, noch ehe er in die Pubertät kam und das vorweisen konnte, was wir in Branwells »Sackhaare« nannten.

Harper Juniors Schwanz war an der ganzen Schule berühmt. Kameraden kamen aus anderen Häusern und Klassen herüber, um ihn zu besichtigen. Sie wurden nicht müde, ihn anzusehen. Harper Junior wurde es nie leid, ihn herzuzeigen, ob bei Tag oder bei Nacht. Tag und Nacht wurde er von den Leuten bestürmt, ihnen zu gestatten, dieses einzigartige zylindrische Objekt einmal zu wichsen.

Ich kam hinter einem ledernen Polstersessel in der Bibliothek an die Reihe. Das Gerät erhob sich vor mir in all seiner Pracht mit einer Vorhaut, die nicht lang genug war, so daß die Spitze des Knopfs am Ende verführerisch freilag. Ich begann das Fleisch fast andächtig zu massieren. Harper Junior beobachtete mich und sein Organ listig.

»Möchtest du mal dran lutschen?« fragte er.

»Nein. Warum?«

»Viele lutschen gern dran. Ich kann sogar selbst daran lutschen. Sieh mal!«

Er beugte sich vor, öffnete den Mund und nahm die Spitze ohne Schwierigkeiten zwischen die Lippen und saugte mit Hingabe daran.

»Du darfst bis zum Ende weitermachen«, gestattete er großzügig nach einer Minute.

Und ich tat es.

Einmal ertappte die Krankenschwester Harper Junior nackt im Schlafsaal, wie er seinen Schwanz gegen seinen Bauch klatschen ließ.

»Steck das sofort weg, Harper!« befahl sie und ging gelassen an ihm vorbei.

Sie war die einzige weibliche Person, die die Schlafsäle betreten durfte, eine kleine, harte, rundliche, militärisch zackige Gestalt, die zu verführen sich nicht einmal der schärfste von den Schulältesten wünschte. Manchmal marschierte sie durch die Umkleideräume, wo Dutzende von Jungen splitternackt herumhampelten, und keiner schenkte ihr Beachtung, als wenn sie der Gymnastiklehrer gewesen wäre, ein ehemaliger Armeefeldwebel.

Man könnte vielleicht meinen, daß man mehr auf den

Turnlehrer hätte achten sollen. Aber ich kann mich nicht daran erinnern, daß Jungen von Lehrern oder vom sonstigen Schulpersonal belästigt worden wären – wäre so etwas tatsächlich passiert, dann hätte sich diese Neuigkeit in Windeseile in der Schule verbreitet. Gegenseitiges Masturbieren fand im Überfluß statt, doch Homosexualität war so gut wie nicht vorhanden; vielleicht schützten davor unsere komplizierten Regeln. Ganz gewiß trugen diese Regeln mit ihrem Verbot von Gefühlsäußerungen dazu bei, von Zuneigung bestimmte Verbindungen zu verhindern, die zu späteren Verwicklungen führen konnten; andererseits förderten sie eine gewisse Gefühlskälte und sachliche Betrachtungsweise des Genitals wie in meinem Fall. Trotz alledem glaube ich, daß sie im vom Irrsinn angehauchten Milieu eines Internats für die meisten eine Schutzfunktion hatten. Natürlich konnten sie nicht die seltsamen Käuze wie Harper Junior schützen. Ich bin sicher, daß er ganz schlimm endete – schlimm, aber von seinem Standpunkt aus vermutlich erfreulich.

Die negativen Seiten des Internatslebens machten ihren Einfluß bis in die Ferien geltend. Im Vergleich mit der Schulzeit waren die Ferien kurz, und dies stellte für jeden, der schüchtern war, wie ich es bei mir in zunehmendem Maß feststellte, ein unüberwindliches Hindernis bei dem Bemühen dar, Freundschaften zu schließen. Beziehungen zu alten Freundinnen wie Hilda und Sheila ließen sich nur mühsam wiederbeleben. Die zwanglosen Spiele der Kindheit waren für immer vorbei und vergessen.

In einem Urlaub meldete ich mich aus Verzweiflung bei Margaret Randall, der Grundschul-Stripperin, die nun Schuhe mit hohen Absätzen trug und in der Woolworth-Filiale arbeitete, die kurz vorher in unserer Stadt eröffnet worden war. Ich ging mit ihr ins Kino, um mir einen langweiligen Film anzusehen, den sie sich ausgesucht hatte, und hielt in der Dunkelheit ihre Hand. Nachher, als ich versuchte, sie zu küssen, meinte sie, ich solle verschwinden. Ich hatte nicht den Mut, sie daran zu erinnern, daß ich schon mal miterlebt hatte, wie sie auf einem Tisch in der Schule ihre hübsche kleine Möse entblößt hatte; vielleicht hätte ich es tun sollen; es hätte möglicherweise wahre Wunder gewirkt.

Irgendein mißgünstiger Idiot sah mich mit Margaret und meldete es meiner Mutter. Sie war sehr nett und verständnisvoll zu mir, während sie mir klarmachte, daß ich mich in »unserer Position« nicht mit einem Mädchen in der Öffentlichkeit zeigen dürfte, das bei Woolworth arbeitete. Sie sah es überhaupt nicht gern, wenn ich zu Woolworth ging. Es sei ein billiger Laden. Und außerdem – nun, ich wäre ja wohl noch ein bißchen zu jung für eine Freundin, oder? Warum versuchte ich nicht, für Ann etwas mehr den Beschützer zu spielen?

Okay, wenn sie das lieber hatte, dann konnte ich ihr den Gefallen tun. Ich ließ mir von meiner Schwester wieder den einen oder anderen abwedeln, doch nun hatte ich das Gefühl, daß dies ziemlich kindisch war. Eines Morgens durfte sie es gleich dreimal hintereinander tun, was sie tief beeindruckte. Bei Nelson hielt ich mich etwas mehr zurück. Er wirkte nun ziemlich abweisend, da er für eine endlose Folge von Prüfungen arbeitete, die zwischen ihm und seiner Chance lagen, Architekt zu werden. Er machte einem sehr langweiligen Mädchen namens Caroline Cathcart den Hof, die ich für genauso dämlich hielt wie ihren Namen. Glücklicherweise dauerte es mit ihr nicht allzu lange. Nelson und ich führten keinerlei vertrauliche Gespräche über ihre sexuellen Neigungen. Naiv, wie ich damals war, fragte ich mich, ob Nelson den Sex völlig vergessen hatte; irgendwas an der abschreckenden Art dieser Caroline Cathcart legte mir diese Vorstellung nahe.

»Schüttelst du immer noch deine Palme?« fragte ich ihn einmal, aber er meinte, ich solle nicht unverschämt werden. Was die Hausangestellten betraf, so war Beatrice verlobt und wollte bald heiraten, und Brenda hatte gekündigt. Laut Anns Bericht hatte Brenda uns ohne Streit oder irgendwelche dramatischen Enthüllungen verlassen, daher erfuhren wir niemals, ob Vater bei ihr hatte zum Ziel kommen können oder nicht.

Dramatische Enthüllungen waren etwas, das wir dringend brauchten, obwohl es uns überhaupt nicht bewußt war. In dieser Hinsicht war das Leben im Internat mit seinen ständig stattfindenden kleineren Krisen der langweiligen Sicherheit des Lebens zu Hause vorzuziehen.

»Euer Vater hört sich die Kulturnachrichten an«, sagte Mutter tadelnd, wenn Ann und ich bei einem Kartenspiel mal zu laut wurden. Alles, was Vater sich an Kunst und Kultur einverleibte, kam vom BBC. Während er sich bildete, wurden wir unterdrückt – durch seine vorwurfsvoll leidenden Blicke und Mutters indignierte »Pssts!«. Wir haßten Kultursendungen und die Nachrichten und die Börsenmeldungen – die Vater sich, wenn er zu Hause war, aufmerksam anhörte.

Anns und meine Abneigung dagegen wurde nicht verschleiert und trat offen zutage. Nelson, als ältester Sohn, schlug sich einmal auf unsere Seite, dann wieder auf die unseres Vaters. Gelegentlich lockten wir ihn in unser Lager, und wir drei brachen in ein haltloses Gekicher aus. Manchmal stürmte Vater mit einem Ausdruck gespielter Wut hinaus und schlich sich dann in die nächste Kneipe, um einen Halben Bitter zu trinken.

Abgesehen von der BBC gab es nichts. Nichts bis auf das Kino. Wir besuchten es, wann immer wir konnten, unter Nelsons Aufsicht. Das war unsere Quelle für Kunst und Kultur; es kam uns nie in den Sinn, daß wir dort schlechte Kunst und die falsche Kultur vermittelt bekamen. Alles, was jene riesigen, sich langsam bewegenden grauen Gestalten taten, war wunderbar. Unter ihrem Bann erfuhren wir, nach welchen Gesetzen die große Welt sich drehte, daß die Bösen niemals siegten und daß Frauen Blumen und Mondlicht haben mußten, ehe sie einen an sich heranließen. Aber von den grauen Gestalten bekamen wir auch den wunderbar freizügigen Lärm der Jazzmusik zu hören und lernten die ungewöhnlichen Gesichter und Klänge schwarzer Musiker schätzen.

Vom Kino bekamen wir nie genug, denn zuviel davon wurde uns nicht gestattet.

Zu dieser Zeit und auch noch lange nachher war ich Hollywood zutiefst dankbar, daß es mir Einblicke ins Leben und in die Kunst gestattet hatte. Nun bin ich mir da nicht mehr so sicher. Irgendwie waren die Perspektiven, die vermittelt wurden, alle falsch. Die Welt verließ sich auf sie, und sie überschütteten sie mit einem Haufen sentimentalen Mittelschicht-Humbugs.

Die Sendereihe, die uns allen gefiel und die wir regelmäßig im Radio hörten, war »Music Hall«, die jeden Samstagabend übertragen wurde. Mutter backte immer einen großen Kokoskuchen, den wir genußvoll knabberten, während die Kapelle »Back to Those Happy Days« spielte. Die Komiker hörte ich am liebsten, vor allem die schweinischen wie Max Miller, obgleich es schon eine große Qual war, dazusitzen und innerlich vor Lachen fast zu platzen, während man ein betont dummes Gesicht machen mußte, als hätte man die Witze überhaupt nicht verstanden. Wenn es zu schlimm wurde, konnte man ja immer noch so tun, als hätte man sich an einem Kuchenkrümel verschluckt.

Im gleichen Maß, wie ich größer wurde, wurde auch das Mädchenproblem, wenn überhaupt etwas, immer akuter. Der Stolz und die Freude, die wir in der Schule empfanden, als wir es zum erstenmal schafften, Samen zu erzeugen, erwies sich in der großen Welt als eine Illusion. Wenn es überhaupt etwas gab, wovor Mädchen eine Abscheu hatten, dann war es Samen. Samen war der Teufel. Durch die natürliche Verknüpfung der Vorstellungen schien diese Abscheu sich auch auf Schwänze zu erstrecken. Woran ein Mädchen sich im Alter von zehn Jahren erfreuen kann, ist mit fünfzehn für sie der schlimmste Horror. Jedenfalls waren das meine Erfahrungen in unseren von Snobismus geprägten kleinbürgerlichen Kreisen in den dreißiger Jahren. Die Pille hat mittlerweile alles geändert.

Alle Mädchen, mit denen ich mich offiziell abgeben durfte, wurden durch wilde Horrorgeschichten völlig verdorben. Sie und die Jungen wurden mit dem Blödsinn abgespeist, daß man niemanden anfassen dürfte, mit dem man nicht verlobt war. Die Warnung war überaus vage formuliert und wahrscheinlich deshalb um so wirkungsvoller. Außerdem mußte alles, dank dem verderblichen Einfluß des Kinos, »romantisch« geschehen, was Gespräche und Umwerben und zaghaftes Offenbaren und oft monatelanges Warten und so weiter bedeutete.

Später, als Teenager, durchlitt ich alle Tiefen gesellschaftlicher und moralischer Pein bei dem Versuch, Mädchen ins Bett zu kriegen. Sie wollten es, sie wußten, daß ich es wollte, aber alles war gegen uns. Zum Beispiel war ihnen beigebracht worden, Dinge zu sagen wie »O bitte, laß das!« und »O Horry, das darfst du nicht!« und so weiter – Phrasen, die einige Knaben richtig anstachelten, meinen Enthusiasmus aber nur dämpften.

Dann war da das Problem, wohin man gehen sollte, wenn man es tun wollte. Jungen wie auch Mädchen hatten in jener Zeit so gut wie kein Geld, sondern nur ein mageres Taschengeld, das sorgfältig so bemessen war, daß man so lange wie möglich die Rolle des Kindes spielen mußte. Man konnte kein Hotelzimmer oder eine andere Räumlichkeit mieten – und hätte es wahrscheinlich auch nicht gewagt, denn die Hotelbesitzer waren instinktiv gegen einen, gegen das Leben an sich, gegen das Vergnügen, gegen Schwänze, gegen Mösen. England war in den dreißiger Jahren ein mieses dreckiges Loch, in dem man aufwuchs – furchtbar armselig für die Armen und schrecklich repressiv für die Mittelschicht.

Repression: Sie ist Teil der Zivilisation, für die Gesellschaft überaus notwendig, vor allem für die Gesellschaft der Mittelschicht, die, soweit meine bruchstückhaften historischen Kenntnisse mich lehren, den Aufstieg zu Geld und Ansehen nur schaffte, indem sie in den ersten Jahren ihrer Reife solche Vergnügungen wie Sex auf später verschob. Dies ist einer der Vorteile des Krieges – man kann Repressionen abschütteln.

Diese grauenvollen Mittelschicht-Repressionen waren bei den Stubbs' sehr wirksam. Der jüngere Sohn der Stubbs' spürte sie besonders deutlich in seiner Jugend, zu einer Zeit also, in der die Sexualität sich am intensivsten bemerkbar macht. In Branwells gab es viele Jungen wie mich, die jeden Tag zwei- oder dreimal masturbierten und sich sonntags noch ein zusätzliches Vergnügen gönnten. Digby behauptete, es sich jeden Samstag so lange selbst zu besorgen, bis kein Samen mehr kam – sechs oder sieben Wichsnummern hintereinander.

Und viele der Jungen machten sich die wahnsinnigsten Sorgen darüber, was sie mit sich selbst anrichteten. Sie hatten erfahren, häufig genug von ihren Vätern, daß das Masturbieren ihre Gesundheit ruiniere oder sie in den Irrsinn treibe. Die Warnung hielt sie nicht davon ab. Sie verleitete sie oft genug dazu, es noch intensiver zu betreiben, da dieses Thema nun noch häufiger durch ihre Gedanken geisterte. Manchmal wurden sie zu seltsamen Gewohnheiten gedrängt. Beasley wichste jeden Tag bis dicht vor dem Höhepunkt und hielt dann inne; nur am Samstagabend gönnte er sich die richtige Befriedigung. Spaldine, der während seines ersten Trimesters von Branwells hatte weglaufen wollen, pflegte mit einem Finger gegen die Basis seines Penis zu drücken, um einen Orgasmus zu erleben, ohne Samen zu vergeuden.

In dieser Hinsicht war ich in einer glücklichen Position; niemand hatte mir diese Freizeitbeschäftigung als etwas anderes denn als genußreich dargestellt. Ich lehnte mich zurück und kostete es voll aus. Aber seit jenem glücklichen Tag, als Beatrice mich nackt vor dem Spiegel ertappte, wußte ich, daß es noch schönere Dinge gab.

Wie ich schon sagte, waren diese schöneren Dinge von Mädchen in meinem Alter und aus meiner sozialen Schicht kaum zu kriegen. Sie hatten ihre Dosis Mittelschicht-Moral noch viel schlimmer abbekommen als die Jungen.

Da war, vor allem anderen, noch das Problem Kinder. Wenn man, durch ein wundersames Zusammenwirken von Beharrlichkeit und List, es tatsächlich schaffte, den Pinsel in den Farbtopf zu tauchen, dann schrie und jammerte das jeweilige Mädchen in einem fort, daß sie am Ende noch ein Kind bekommen werde. In dieser Hinsicht waren die Mädchen der Arbeiterklasse weitaus angenehmer. Deren Schönheitsfehler bestand darin, daß sie meistens irgendwelche großen und kräftigen Freunde hatten, die plötzlich im Gefolge ihrer Kumpels erschienen und Anstalten machten, einen zu verprügeln.

Das Kinderproblem ließ sich lösen, zumindest theoretisch, indem man Präservative benutzte. Aber Präservative mußten gekauft werden. Es war nicht nur das Geld, das erst mal vorhanden sein mußte. Da war auch noch das Problem, in den kleinen Friseurladen am Ende der Chapel Road zu gehen und tatsächlich um ein Päckchen für einen Freund zu bitten. Das einzige Mal, bei dem ich hineinzugehen wagte, war ich mir sicher, daß sich abends todsicher etwas ergeben würde, und zwar mit einem ziemlich pummeligen Mädchen namens Esmeralda, die im gleichen Tennisclub Mitglied war wie ich. Ich verbrachte etwa eine Stunde in Unentschiedenheit und umkreiste auf dem Fahrrad den Block, in dem sich der Friseurladen befand. Schließlich faßte ich mir ein Herz, betrat den Laden und erstand ein Päckchen Pariser.

Esmeraldas Eltern waren ziemlich gewöhnlich, aber reich. Niemand sagte hinter ihrem Rücken etwas Gutes über sie; jeder begegnete ihnen mit kriecherischer Freundlichkeit. Esmeraldas Vater mochte ich nicht besonders, doch ihre Mutter war eine dicke und liebenswürdige Dame, die mich auf eine Weise Horatio nannte, als nähme sie diesen Namen wirklich ernst; sie war auf ihre Art vornehm. Sie besaßen ein großes baufälliges Haus, und Esmeralda und ihre Mutter spielten beide Klavier und sangen dazu – recht gut, wie ich meinte. Sie brachten all die fröhlichen und eher unzüchtigen Varietésongs wie »Then Her Mama Went Out, De-Da-De-Da-De-Da-De-

Dee« und »Who Were You With Last Night?« und »Hello, Hello, Who's Your Lady Friend?«.

Mir gefiel all dieses liberale Zeug. Aber an jenem speziellen Abend sollte es keine fröhlichen Lieder geben, sondern nur eine Bumserei, denn Esmeraldas Eltern fuhren nach Nottingham, und Esmeralda hatte mir grünes Licht gegeben.

Sie war ein schnuckeliges, unbekümmertes kleines Ding, meine Esmeralda. Ich beneidete sie um ihr Temperament. Sie genoß einige Küsse auf dem Sofa, hatte es gern, als ich sie an den Füßen kitzelte und ihre Beine streichelte und bewunderte.

Ich schob meine Hand weiter hoch und flüsterte: »Laß mich das dort oben auch mal anschauen, Liebling!«

»Anschauen darfst du es. Das wird keinem von uns schaden. Aber ich darf es dir jetzt gleich sagen, Liebling, daß du nicht mehr erreichen wirst als einen Blick.«

»Der Anblick könnte mich doch um den Verstand bringen!«

»Das ist dein Problem, nicht meins!«

Ich klopfte auf meine Hosentasche. »Du brauchst keine Angst zu haben. Ich habe etwas mitgebracht.«

Diese Ankündigung machte ihr Angst. Sie erkannte, daß ich es ernst meinte. Das Problem war, daß ich ebenfalls Angst hatte und nicht wußte, ob ich nun zur Sache kommen wollte oder nicht. Ich hatte noch nie ein Präservativ übergezogen.

Daher ließ ich von dieser Art der Annäherung ab und beruhigte sie wieder. Die Gute gestattete mir einen Blick, einen ausgiebigen Blick, und ich steckte meine Finger hinein und rieb sie, obwohl ich keine Ahnung hatte, ob ich mit dem richtigen Ding spielte. Sie bat noch nicht einmal darum, das Licht zu löschen, wofür ich dankbar war. Es vermittelte einem ein wunderbares Gefühl der Freiheit, alles *sehen* zu können.

Aber ich spürte, wie mein Ständer allmählich abdankte. Ich holte ihn aus dem Hosenstall und fing an, mit dem Präservativpäckchen herumzufummeln. Ich fischte eins heraus und verstaute die anderen beiden wieder in meiner Tasche. Ich setzte es auf meine Penisspitze und versuchte unbeholfen, es herunterzuholen. Esmeralda hatte in hingebungsvoller Haltung dagelegen. Jetzt richtete sie sich auf und schaute mir interessiert zu.

Ich schaffte es, das verdammte Ding überzuziehen. Es warf Falten und sah abstoßend aus. Mein Ständer schrumpfte noch mehr zusammen. Ich fing an, ihn zu reiben, um seine Lebensgeister zu wecken, verbissen und zugleich halbbelustigt über seinen Anblick.

Sie lachte ziemlich verächtlich und legte ebenfalls Hand an. Ich überließ mich ihr mit wachsender Zuversicht und in der Annahme, daß sie doch erfahrener war, als ich erwartet hatte. In Sekundenschnelle war ich wieder bereit, ihn hineinzuschieben. Esmeralda legte sich nach hinten und war wie Honig, und ihre runden Schenkel waren wundervoll feucht. Wir waren beide furchtbar aufgeregt. Er ging nicht rein.

Ich wußte eigentlich auch gar nicht, wohin genau ich meinen Penis in dieser weichen rosigen Tasche hinstecken sollte. Ich kannte mich zu wenig in der weiblichen Anatomie aus. Ich hatte nie meine Schwester inspiziert. Ich stieß und drückte und mühte mich ab, und der verdammte Pariser sorgte dafür, daß ich von den angenehmen Seiten der ganzen Aktion überhaupt nichts spürte.

»Du tust mir weh, mein Lieber. Ich bin noch Jungfrau – ich glaube, du solltest lieber aufhören.«

Spielte sie mir die Mittelschicht-Komödie von der Jungfräulichkeit vor, damit ich mein Gesicht wahrte? Ich weiß es nicht. Aber ich unterbrach durchaus erleichtert meine Bemühungen und riß wütend das Präservativ herunter.

Mein Schwanz hing schlaff und lächerlich herab. Irgend etwas schien in mir zu wachsen und sich auszubreiten und aufzublähen, bis ich glaubte, ich müßte ersticken, als ich daran dachte, daß ich schon bald wieder nach dem verdammten Branwells zurückkehren mußte. Mit großer Mühe und heftig errötend gelang es mir hervorzuquetschen: »Dann mach es mir mit der Hand, Esmeralda, bitte!«

Keine Ahnung, ob sie so etwas schon mal gemacht hatte oder nicht, auf jeden Fall begriff sie, was ich meinte.

»Komm und kuschel dich an mich«, bat sie. Sie legte meine Hand auf ihre Muschi und packte mein Gerät, das sich sofort kampfbereit aufrichtete. Ich küßte sie zugleich leidenschaftlich und liebevoll. Sie war ein feines Mädchen. Ich wäre vor Gram gestorben, wenn ich in die Schule hätte zurückkehren müssen, ohne meine Ladung in ihrer Gegenwart abzufeuern – ganz gleich wie.

In der Ziegelmauer an der Rückseite der Squashplätze in Branwells war eine Inschrift eingraviert. Dort stand kurz und knapp »A. K. DANCER«, und unter den Buchstaben befanden sich die stilisierten Umrisse eines Schwanzes mit Eiern. Zu diesem ziemlich auffälligen Namen gehörte eine Geschichte, die jeder der dreihundert Jungen in Branwells genau kannte und deren Weitergabe durch den unbekannten Verehrer gesichert worden war.

Dancer war vor zehn Jahren ausgeschlossen worden – einige Jahre bevor der zur Zeit älteste Junge triefnasig zu seinem Anfangstrimester eingetroffen war. Doch der Name und die Erinnerung und die Legende von Dancer blieben stets in allen Einzelheiten erhalten und aktuell. Denn Dancer war der Junge, der dabei erwischt worden war, wie er die Schulschwester bumste. Er wurde verprügelt und hinausgeworfen. Die Schulschwester verließ ebenfalls die Schule. Dancer hatte sie geheiratet, und sie führten danach ein glückliches und zufriedenes Leben und hatten mehrere Kinder.

Hat irgendein Internat einen besseren oder aufschlußreicheren Mythos vorzuweisen?

Wenn es Dancer nicht gegeben hätte, dann hätte er wohl erfunden werden müssen. Er war das Sinnbild der geheimen Hoffnung von uns allen, daß wir irgendwie dem Grauen der Schule in ein natürliches Leben entfliehen würden. Nicht unversehrt natürlich – das Symbol dafür war die Prügelstrafe –, denn jeder Schüler eines Internats wird schnell zum Realisten. Und der Verweis von der Schule war ebenfalls ein bedeutsames Element. Dancer war geflogen; er durfte Branwells nie mehr besuchen. Wir wußten, daß jene Ehemaligen, die immer wieder mal zurückkamen, nachdem sie die Schule verlassen hatten, um Vorträge zu halten und mit ihren weltlichen Erfolgen zu prahlen, in Wirklichkeit Langweiler und Flaschen waren und wahrscheinlich auch heimliche Homosexuelle, die noch einmal den Spuren alter Heldentaten folgen wollten. Wir wußten, daß die Schule ein Gefängnis war. Nur Trottel kamen dorthin zurück.

Der Zufall wollte es, daß ich die Gelegenheit bekam, in Dancers Fußstapfen zu treten.

Die kleine und oberfeldwebelhafte Schulschwester setzte sich zur Ruhe. Für sie kam eine Frau völlig anderer Art an die Schule, Schwester Virginia Traven. Als sie erschien, nannte man sie kurz Virgin, »aber das nicht lange«, ertönte der spontan aufkommende Schulwitz, denn in dieser Festung des akuten Frauenmangels wurde sofort erkannt, daß sie nicht gerade unglaublich alt oder unglaublich häßlich war.

Schwester Traven war zierlich gebaut. Sie hatte Augen von unbestimmbarer Farbe, die es nicht immer schafften, einen anzusehen. Ihr Haar war kurz und lohfarben, sie hielt den Kopf auf reizvolle Weise immer etwas schräg, als machte sie sich insgeheim über das Leben lustig. Die alte Schwester hatte niemals über irgend etwas ihre Scherze gemacht.

Eine ganze Reihe von Geheimnissen umgab Schwester Traven, deren erstes darin bestand, wie der Schulrektor sie als geeignet und harmlos für eine Jungenschule hatte beurteilen können. Nicht daß sie weniger als fünfunddreißig Jahre alt war, was für Schuljungen schon ein biblisches Alter ist. Sie drückte sich sehr mädchenhaft und manchmal ziemlich zweideutig aus. Und sie kam auch nie zum Rugbyplatz hinaus, um die erste Mannschaft anzufeuern; die alte Schwester hingegen hätte kein einziges Spiel ausgelassen.

Die Schwester kam zu Beginn des Jahres an die Schule, das mein letztes in Branwells werden sollte. Ich hatte mir soeben einen festen Platz in der ersten Mannschaft erkämpft. Virginia fesselte mich von Anfang an vielleicht auch deshalb, weil sie zufälligerweise nach einem Einkaufsbummel mit dem gleichen Zug zur Schule zurückkehrte, in dem ich ankam. Sie lud mich ein, die zwei Meilen vom Bahnhof bis zur Schule mit ihr im schuleigenen Automobil zurückzulegen – ich hatte ihr nämlich die Einkaufstasche zum Wagen getragen. Wenn ich während der Fahrt völlig stumm neben ihr saß, dann im wesentlichen deshalb, weil sie sich mit mir beschäftigte.

Ich wollte Eindruck auf sie machen. Meine Zugehörigkeit zur ersten Rugbymannschaft bot mir dazu die ideale Möglichkeit – bis ich erfahren mußte, daß sie sich niemals ein Spiel ansah. Das machte sie in der Schule allgemein unbeliebt. Wir ließen in der sechsten Klasse, in die ich mittlerweile aufgestiegen war, darüber abstimmen, und es wurde mit winzigem Vorsprung entschieden, daß sie ganz in Ordnung war, da ihre Geste eher den Rektor als die Schüler beleidigte. Niemand war Schwein genug zu behaupten, daß sie sich möglicherweise nicht für Rugby interessierte.

In der Abstimmung, die nur eine Woche später stattfand, wurde entschieden, daß sie bereits vom Musiklehrer gebumst wurde. Niemand war ein derartiger Scheißkerl zu behaupten, daß sie kein Interesse am Sex hatte. »Aber der gute alte Chopin ist doch so schwul wie tausend Mann, Liebling – ich hätte doch gedacht, daß ihr Jungen clever genug seid, das längst erkannt zu haben!« – so Virginia, als ich es ihr ein paar Monate später besorgte.

Nach und nach fügte sich aus einer Neuigkeit hier und einem Gerücht dort ein Bild zusammen. Die Schwester hatte künstlerische Ambitionen. Die Schwester war beim Zeichnen beobachtet worden, warm eingepackt und die dämlichen Sechs Schwestern aufs Papier bannend. Diese waren eine verhaßte lokale Sehenswürdigkeit, sechs – zum damaligen Zeitpunkt genaugenommen nur fünf – jämmerlich verkrüppelte Bäume, die wir alle vierzehn Tage einmal im Dauerlauf umrunden mußten und die ständig den unwirtlichen Stürmen von Derbyshire ausgesetzt waren. Und die wollte die Schwester malen! Ihre Aktien fielen in den unteren Klassen noch tiefer. Ich trat dafür der Kunst-AG bei.

Ich war einer der Schulrabauken, ein Rauhbein, aber nicht streitsüchtig – trotz gelegentlicher heftiger Wutausbrüche –, eher büffelnd als clever, eher komisch als mit geistreichem Witz gesegnet. Meine Freunde und ich bildeten das sportliche und ausschweifende Lager der Sechsten, lasen immer Stories von Frank Richards über Greyfriars und St. James – weil, wie wir uns verteidigten, das Rauchen und Trinken (und natürlich das Onanieren), das an diesen Colleges im Schwange war, stets von den Faulpelzen und Drückebergern besorgt wurde, während in Branwells vorwiegend die Stars der Rugbymannschaft der Fleischeslust frönten. Wir verstanden uns mit der kunstbeflissenen Hälfte der Klasse recht gut, obwohl sie Conrad und diesen Esel R. L. Stevenson lasen. Aber jeder hatte den Eindruck, ich selbst eingeschlossen, daß ich in der Kunst-AG wie ein Fremdkörper wirkte.

Trotz dieses offensichtlichen Widerspruchs kam ich ganz gut zurecht. Ich entdeckte, daß ich malen konnte. Während meines zweiten Trimesters in der Kunst-AG ging ich zu den Sechs Schwestern hinaus, um sie zu zeichnen, wenn ich nicht gerade Rugby spielte. Mittlerweile war ich auch kräftig genug, um jeden zu verprügeln, der mich auszulachen wagte.

Auch in anderen Bereichen erweiterte ich meinen Horizont. Ich begann mich für den Sozialismus zu interessieren, und das auf eine sehr seltsame Art.

Die meisten meiner sexuellen Verbindungen bestanden zu Kameraden in meinem Alter. Aber ein viel jüngerer Mitschüler namens Brown hatte mein Interesse erregt. Brown wohnte in meinem Schlafsaal und hob sich von den anderen insofern ab, als daß er der jüngste war, der jemals eine Pilgerfahrt von Bett zu Bett unternommen hatte – im allgemeinen war es nämlich so, daß an den jüngeren Schülern eher gesündigt wurde, als daß sie als Sünder in Erscheinung traten. Brown jedoch war recht helle und interessiert, interessiert an allem, speziell an Sex. Er hatte erfrischende Ideen und ein natürliches Gespür für alles Erotische; nachdem ich mit ihm zwei Stunden im Bett verbracht hatte, spürte ich, daß er damit weit kommen würde – und natürlich ganz unten landete.

Er gestand mir, daß er sich in einen anderen Jungen in der Sechsten verliebt habe. Indem ich ihn damit unter Druck setzte, ihn praktisch an der Schwelle zum Orgasmus im Stich zu lassen, erfuhr ich von ihm, daß dieser Junge Webster hieß. Ich brach in schallendes Gelächter aus, denn Webster war jemand, den niemand von uns ernst nahm. Er sprach mit einem affektierten Oberschicht-Tonfall – ich glaube, daß dieser Ton gekünstelt war, allerdings hat er ihn nie vollständig verloren; im Unterricht konnte er diese Sprechweise noch verstärken, um die Lehrer zu ärgern. Es war bekannt, daß seine Eltern ziemlich wohlhabend waren – sein Vater hatte einen hohen Posten bei Imperial Tobacco. Aber Webster war Sozialist oder Kommunist, denn weder er noch wir waren uns über den Unterschied ganz klar; er hatte ein Schlagwort und predigte uns immer, daß sich alles nach »der absolut blutigen Revolution« ändern würde. Es fiel schwer, ihn sich als Browns »Geliebten« – eine Sache, die gegen die Branwells-Regeln verstieß – vorzustellen.

Durch unser gemeinsames Interesse für Brown fanden wir drei uns zu einer »Versicherung« zusammen. Dies geschah hinter einem Nebengebäude der Rowe Farm, etwa zwei Meilen von der Schule entfernt. Mit Gummiringen banden wir unsere Schwänze zusammen. Der Websters und meiner, zwei stramme dunkle Geräte, außen und Browns elegante rosigweiße Stange in der Mitte, so daß es aussah wie ein groteskes Sandwich aus Fischfilet zwischen zwei Salamis. Websters Gerät war beim Ritual der Beschneidung schlimm verletzt worden, und wir alle trugen von den Gummibändern tiefe Furchen davon, ehe wir fertig waren. Auf dem Rückweg zur Schule sprach Webster über die Ungerechtigkeiten in England, wie falsch es doch wäre, Diener zu haben, und so weiter.

»Eines ruhmreichen Tages, Freunde, werden die unterdrückten Arbeiter Großbritanniens sich erheben und sich befreien, und die Dienstboten von England werden verdammt noch mal ihre Herren in ihren Betten niederstechen.«

»Werden die Dienstboten auch in die Betten ihrer jungen Herren steigen?« fragte Brown.

»Ja, und ihnen die strammen kleinen Ständer abschneiden.«

Was mich noch mehr faszinierte als diese spezielle Vision, war die Tatsache, daß Webster tatsächlich Arbeiter kannte und überhaupt keine Antipathie an den Tag legte, obgleich er, mit seinem Akzent, sicher einer der ersten wäre, der abserviert würde, wenn der Aufstand am Tag der absolut blutigen Revolution losgehen sollte. Seine Ansichten waren in meinem Erfahrungsschatz etwas völlig Neues. Ich kannte nur die Abscheu und die Angst, mit der meine Mutter und mein Vater und deren Freunde auf die Arbeiter heruntersahen. Schon die Liberalen waren schlimm genug, aber die Arbeiter... Vater konnte es kaum ertragen mitanzusehen, wie sie Sozialhilfe bekamen, da er glaubte, daß das Prinzip des Geldverteilens völlig falsch war. Er soll mal die Unterprivilegierten der Stadt ironischerweise »unsere undiskontierbaren Freunde« genannt haben.

»Du meinst wohl ungewaschen«, sagte Mutter. Es waren nicht so sehr ihre finanziellen als ihre hygienischen Gewohnheiten, die sie abstießen.

Und nun kam dieser Webster daher und sagte, daß diese Kerle irgendwann die Oberhand gewinnen würden. Meine Eltern wären die ersten, die abtreten müßten.

Ich dachte lange darüber nach, was Webster gesagt hatte, ehe ich ihn einige Tage nach unserem Gummiintermezzo befragte. »Angenommen, die Arbeiter zetteln eine Revolution an, dann wird die Oberschicht doch gewiß nicht zulassen, daß sie die ganze Mittelschicht umbringen, oder?«

Er kicherte, ausgiebig und herablassend. »Stubbs, alter

Freund, die Oberschicht und die Aristokratie hassen die Mittelschicht bis aufs Blut!«

Kunst. Sex. Sozialismus. Und das Größte war Sex. Doch sogar im Sex gab es Veränderungen. England hatte erst kürzlich das Vergnügen gehabt – oder das Trauerspiel erlebt –, daß sein König auf den Thron verzichtete, um die Frau zu heiraten, die er liebte. Für viele waren die Fragen, die sich aus dieser Krise der Monarchie ergaben, überaus komplex; in Branwells erkannte man daran nur eines: nämlich daß die Welt außerhalb unserer hohen Steinmauern genauso sexbesessen war wie wir selbst, was immer sie scheinheilig vorzugeben versuchte. Und unsere Gespräche drehten sich darum, ob Mrs. Simpson attraktiv war oder nicht.

Die Abdankung lenkte die Aufmerksamkeit der älteren Jungen noch schärfer auf die Frauen. Was immer wir mit anderen Jungen trieben, *faute de mieux*, es waren immer die Frauen, an die wir dachten, von denen wir redeten, auch wenn es einige wirklich außergewöhnliche Jungen gab. Frauen, so erkannten wir ganz klar, waren das, was wir brauchten, das war so sicher, wie sie uns fehlten.

Obgleich mein Vater zu mir stets eine gewisse Distanz wahrte und sich nie für das interessierte, was ich sagte oder dachte, hatte ich bislang genug Penisse gesehen – ein »Strauß Penisse« war die allgemein anerkannte Bezeichnung –, um mich davon zu überzeugen, daß meine Beschneidung, ganz gleich wie barbarisch sie vorgenommen wurde, nicht eigentlich gegen mich gerichtet gewesen war. Es war etwas, das Bankleute bei ihren Söhnen gleich nach der Geburt durchführen ließen als eine Art Kastenzeichen, während der Sohn des Briefträgers, ein Tagesschüler in Branwells, eine Vorhaut haben durfte, die aussah wie das Ende eines Feuerwehrschlauchs.

Mit dem Ablegen dieser Unsicherheit und anderer nebensächlicherer Bedenken, ob mein Organ wohl genauso gut funktionierte oder so groß war wie das anderer Leute, begann ich das Interesse an Schwänzen zu verlieren. Wenngleich nicht am Masturbieren; das blieb ein nicht endenwollendes Vergnügen. Doch die Phantasien, die mit dem Masturbieren einhergingen, beschäftigten sich immer weniger mit Beatrice und dafür mehr mit Schwester Traven, während ich nach und nach so etwas wie ihre Freundschaft zu erringen begann.

In meiner Phantasie veränderte die Schwester gelegentlich die Gestalt und verwandelte sich in Esmeralda. Ich hatte Esmeralda geschrieben, und sie hatte geantwortet, ein wenig zu meiner Überraschung. Ihre Briefe waren nie sehr lang, doch sie vermittelten mir eine grenzenlose Freude ungeachtet ihrer Länge oder ihres Inhalts. Ich war mir nicht ganz sicher, ob ich Esmeralda wirklich liebte.

Liebte ich auch Schwester Traven? Es mußte eine Form von Wahnsinn gewesen sein, die in mir die Hoffnung weckte, irgendwann einmal mit ihr zu schlafen; aber vielleicht ist das auch nur eine egozentrische Sicht, denn viele Jungen in Branwells träumten in ihren harten kleinen Betten ebenfalls von ihr. Sie war nicht nur einigermaßen attraktiv; sie war auch völlig unerreichbar; und angenommen, man käme wirklich an sie heran, so befand sie sich in einem hinreichend sicheren Alter, um eine mehr mütterliche Rolle zu spielen.

Ganz eindeutig nahm sie speziell von mir Kenntnis, das dachte ich zumindest. Es kostete einen verdammt viel Mühe, sich einem Fremden als Individuum ins Bewußtsein zu bringen, wenn man nur einer aus einer ganzen Herde Jungen ist. Indem ich meine Schüchternheit überwand oder andauernd gegen sie ankämpfte, nahm ich ein paar von meinen Aquarellen mit, um sie ihr zu zeigen. Sie erkannte tatsächlich, wo ein oder zwei davon gemalt worden waren.

»Malst du in den Ferien?« fragte sie.

»O ja, sehr oft.« Ich hatte seit meinem sechsten Lebensjahr keinen Pinsel mehr angefaßt.

Sie fragte mich, wo ich wohnte. Ich erklärte es ihr. Sie war zufrieden. Zufriedenheit und Freude bewirkten gewöhnlich, daß sie leicht ihre Augenbrauen hob, als ob ihre Reaktion sie selbst irgendwie überraschte.

»Ich wohne nicht weit von euch entfernt. Hast du schon mal von Traven House gehört? Vielleicht möchtest du demnächst mal rüberkommen, damit wir zusammen etwas malen können, ja? Ich könnte den Chauffeur bitten, dich mit dem Wagen abzuholen. Wir haben auf unserem Anwesen sehr schöne Motive.«

Verwirrt antwortete ich, das wäre wunderschön. Sie fragte mich nach dem Beruf meines Vaters. Ich sagte, er sei Bankmanager, und fügte in entschuldigendem Ton hinzu: »Und er gehört zum Rotary Club.«

Sie erzählte mir, daß ihr Vater Konteradmiral sei. Aber daß er schon frühzeitig aus dem Dienst der Navy ausgeschieden war, auf Grund der Schande, die der Navy im Chinesischen Meer zugefügt worden war. Nun sei er Pressemanager. Ich wußte nicht, was das war.

Zu lernen, Fakten und Phantasien auseinanderzuhalten, ist eine der wichtigsten Fertigkeiten, durch die Kindheit und Erwachsensein sich voneinander unterscheiden. Einige Menschen – Politiker, Schauspieler, Geisteskranke – erlangen diese Kunst niemals.

Die kritische Zeit des Ausbrechens aus der Kinderwelt, in der Fakten und Phantasie sich noch vermischen, ist die Phase der Halbwüchsigkeit, wenn der Betreffende nicht mehr richtig Kind, aber auch noch nicht erwachsen ist. Während der nächsten Schulferien wurde ich von dieser Krise heimgesucht.

Schwester Traven hatte versprochen, sie würde mich abholen und mit mir hinausfahren, um zu malen. Aber spielte sie damit nur ein Spiel? Irgend etwas in ihrem Verhalten, dieser halb spöttische Gesichtsausdruck, legte den Verdacht nahe, daß es so war.

Andererseits vertraute ich voll auf das Unwahrscheinliche. Das gediegene Heim, der Chauffeur und zweifellos auch der Rolls Royce erschienen mir weitaus greifbarer und akzeptabler als die ganze furchtbar unwahrscheinliche Organisation in Branwells, die ich, möglicherweise weil ich in einem relativ frühen Alter dorthin geschickt worden war, niemals als selbstverständlich angesehen hatte.

Der eine unwahrscheinliche Faktor, den ich überhaupt nicht begreifen konnte, war der, daß diese erfahrene, weltgewandte Frau mich lieben konnte oder sich auch nur für mich interessierte.

Das erwies sich als Faktum und nicht als Phantasie. Sie erschien wie angekündigt, um mich abzuholen, wenngleich die Episode sich nicht in einer Weise weiterentwickelte, wie ich es erwartet hatte. Meine Eltern weigerten sich nicht im letzten Augenblick, mich mit der Schwester ausgehen zu lassen, wie ich es eigentlich befürchtet hatte. Seit Nelson die scherzhafte Bemerkung gemacht hatte: »Jetzt fängst du also an, älteren Frauen nachzusteigen, was?«, befürchtete ich, daß mein Vater in meinem Verhalten meine amourösen Absichten erkennen würde und allem einen Riegel vorschob.

Er tat es nicht. Auch machte Beatrice sich nicht an die Krankenschwester heran und erzählte ihr, »was für einer er in Wirklichkeit ist«. Schließlich erschien die Schwester auch nicht in einem Rolls Royce. Und der Konteradmiral befand sich ebenfalls nicht in ihrer Begleitung.

Meine Beziehungen zu meiner Mutter waren noch immer etwas schwierig. Obwohl sie mittlerweile nicht mehr ihre Drohung ausstieß, uns zu verlassen, wenn wir etwas Schlimmes taten, hatte sie eine neue wirkungsvolle Waffe gefunden. Wenn wir irgend etwas taten, was ihr nicht paßte, bedeckte sie die Augen und tat so, als weinte sie, was sie häufig auch tatsächlich tat, und beklagte sich jammernd, daß sie eine der bedauernswertesten Frauen überhaupt sei.

Wir durchschauten das sofort. Ihr kleiner Liebling Ann hatte als erste den Durchblick – schließlich war es ja im Grunde so etwas wie eine weibliche List. Ohne davon wirklich berührt zu werden, gaben wir uns nichtsdestoweniger alle Mühe, sie zu trösten, da dies der einfachste Weg war, sie zu beruhigen und dieses peinliche Verhalten nicht weiter mitansehen zu müssen. Ich glaube, daß wir ihr gegenüber dieses verständnisvoll einlenkende Verhalten an den Tag legten, seit Ann sieben Jahre alt war. Da dies bedeutete, daß wir von dem abließen, was wir gerade zu tun im Begriff waren, bekam sie doch ihren Willen, und so ergab sich ein ständiger Kreislauf.

Dies war jedoch eine eher milde Form von Tyrannei. Wenn es um Mädchen ging, war Mutter um einiges schwieriger. Ich schaute ihnen auf der Straße immer sehnsüchtig nach und hatte dabei diesen halb herausfordernden, halb flehenden Blick des schüchternen Mannes. Wenn sie diesen Blick erwiderten, dann sagte meine Mutter: »Sieh doch mal, was für ein billiges Flittchen sie ist, wenn sie dich auf offener Straße so frech anschaut! Vor denen mußt du dich in acht nehmen, mein Junge – die bringen dich nur in Schwierigkeiten.«

Als der Feind in Gestalt der Krankenschwester vor unserer Tür auftauchte, war sie völlig verwirrt. Denn dies war keine gewöhnliche Freundin. Dies war eine Angehörige des Personals in Horatios Schule, eine offizielle Person. Es war undenkbar, daß sie – oder daß er –, nun, es war einfach undenkbar. Aber sie schien gewisse Ahnungen hinsichtlich der wahren Ziele dieser Konstellation zu haben, und je vehementer ich mich zu dem Mal-Hobby äußerte, desto besorgter wurde meine Mutter. Vater reagierte auf alles nur mit beißendem Spott.

»Sie ist doch wohl ein bißchen sehr alt für Rendezvous mit dir, oder nicht?«

Das war sie sehr wohl. Aber wie es der Zufall wollte, bekundete sie ein persönliches Interesse an mir.

Schwester Traven änderte ein- oder zweimal das Arrangement, jedesmal zu meinem Schrecken. Doch die Verabredung als solche blieb bestehen, obwohl ich mir vorstellen konnte, wie sie bei einem Cocktail zu dem alten Admiral sagte: »Er ist ein absoluter Langweiler, Papa, aber ich muß diesen vorwitzigen kleinen Rotzlöffel ausführen, weil ich es ihm in einem schwachen Moment versprochen habe. Du weißt ja, *noblesse oblige* und so weiter.«

Sie ließ mir eine Nachricht zukommen, in der sie mir mitteilte, wann sie vorbeikäme, um mich abzuholen. Panik! Ich war der erste, der in Panik geriet! Angenommen, meine Mutter erriet, wie verrückt ich nach der Schwester war, wenn sie uns zusammen sah? Oder was wäre, wenn Mutter und ihr affektiertes Gehabe die Schwester verscheuchten? Oder wenn unser Haus ihr nicht zusagte? Wenn ihr von dem Biergeruch im Wohnzimmer schlecht würde?

In meiner Aufgeregtheit und allgemeinen Unsicherheit vergaß ich, Mutter Bescheid zu sagen, wann Schwester Traven mich abholen würde, bis zwei Stunden vor ihrem Erscheinen – und da geriet auch Mutter in Panik.

»Ich muß mir einen anderen Rock anziehen! Dann sollten wir lieber etwas früher zu Mittag essen. Ann und Rosemary sollten hinten im Garten spielen. Du hättest mir aber auch früher Bescheid sagen können, mein Lieber! Und was meintest du, ist sie eine der Travens von Traven House? In was für piekfeine Kreise bist du da hineingeraten, Horatio! Ich bin schon mal an Traven House vorbeigefahren – man kann es zwischen den Bäumen stehen sehen. Nimmt sie dich dorthin mit?«

»Ja, so sagte sie jedenfalls.«

»Wundervoll! Du solltest lieber deinen besten Anzug tragen. Ich wünschte, du wärest beim Friseur gewesen! Du gibst doch anständig Antwort, wie es sich gehört, wenn der Admiral mit dir spricht, oder? Ich geb' dir noch zehn Pfund, falls du Geld brauchst. Wir werden sie wohl hereinbitten müssen – ich hoffe nur, sie riecht das alte Bier nicht, sonst meint sie am Ende noch, deine Mutter trinkt heimlich.«

Wir rannten noch immer aufgeregt im Haus herum, und Ann war noch immer barfuß, als Schwester Traven erschien; sie war so wie immer, ruhig, mit jenem zarten Lächeln im Gesicht, das eine allgemeine Freundlichkeit erzeugte – ein »edles« Lächeln, wie Ann es nannte, denn sogar sie war beeindruckt.

»Sie war unheimlich nett!« sagte Mutter nachher noch

mehrmals und war erstaunt, daß es wirklich zutraf. »Meinst du, sie würde irgendwann mal zum Tee zu uns kommen?«

Es freute mich, daß Mutter und Ann sie bewunderten – aber wie würden sie reagieren, wenn sie wüßten, was ich für sie empfand?

Und es war auch erfreulich, daß Schwester Traven offensichtlich den Biergeruch gar nicht wahrnahm, als sie einen kurzen Augenblick zierlich und allein in unserem Wohnzimmer stand, ehe wir aufbrachen.

Das Automobil war kein Rolls Royce, noch nicht mal ein schicker kleiner Zweisitzer, sondern ein alter, ramponiert aussehender Ford. Schwester Traven erwähnte kurz, daß die anderen Fahrzeuge besetzt seien. Und wir würden auch nicht nach Traven House fahren, sondern sie hätte viel mehr Lust zu einem Ausflug nach Grantham.

Nichts von alldem störte mich im mindesten; ich hörte kaum, was sie sagte. Das Größte für mich war, mit ihr zusammenzusein und das sogar noch in den Ferien! Ich saß neben ihr und war von Kopf bis Bauch rot angelaufen, denn ich sah sofort, daß sie sich gar nicht die Mühe gemacht hatte, irgend welche Malutensilien mitzubringen. Auf dem Autorücksitz lagen keine Skizzenblöcke, sondern Kissen. Ein eindeutiger Beweis dafür, daß sie mich irgendwohin bringen und mich dort verführen würde!

Da saß ich dann, umklammerte krampfhaft meinen eigenen Zeichenblock und Farbkasten und tastete ab und zu nach dem einen Präservativ in meiner Tasche – dem letzten der beiden, die nach der Esmeralda-Affäre übriggeblieben waren; das andere hatte ich dazu benutzt hineinzuorgeln und hatte es dann zum gleichen Zweck in der Schule verliehen. Nun sollte das noch unbenutzte einem ernsthaften Test unterzogen werden, und ich empfand bei der Aussicht darauf nur noch Angst.

Zu meiner Erleichterung und Enttäuschung hatte Schwester Traven gar nicht vor, mich zu verführen. Wir aßen zu Mittag und machten dann einen Schaufensterbummel. Dabei kamen wir auch an einem Rekrutierungsbüro der Armee vorbei; sie hakte sich bei mir unter und fragte: »Und zu welcher Waffengattung möchtest du, falls es Krieg gegen Deutschland geben sollte?«

Wir gingen ins Kino. Ich hielt ihre Hand und lehnte mich gegen sie. Und sie reagierte! An diesem Abend, als ich wieder zu Hause war, mopste ich mir eine alte Übungskladde von Nelson und begann meine Aufzeichnungen, denen ich den kühnen Titel »Ein Virginia-Tagebuch« verlieh. Es liegt gerade vor mir, mein erster literarischer Erguß in Sachen Liebe, und zwei Seiten voll unreifer Handschrift sind nur der Zeitspanne im Kino gewidmet, als ich die Freude auskosten durfte, ihre Hand zu halten.

Nach dem Kino besuchten wir zum Tee ein kleines Teehaus, das, wie ich voller Unbehagen spürte, der Tochter eines Admirals nicht ganz angemessen war. Von Eleganz konnte dort überhaupt keine Rede sein. Aber sie benahm sich völlig locker, schien sich wohl zu fühlen und lächelte und unterhielt sich angeregt mit mir. Sie schenkte mir den Tee ein. Ich reichte ihr das Gebäck. Unser Tisch befand sich in einer Ecke, und vom Gastraum führten drei Stufen zu der kleinen Nische hinauf, in der wir saßen.

Sie erzählte mir schrecklich wenig von sich selbst; und es war meiner Erziehung zu verdanken, die ich mein ganzes Leben lang nicht abstreifen konnte, daß ich sie nicht fragen konnte – aus Angst, daß ich aufdringlich erschienen wäre (hatte man mir nicht immer gepredigt, »es ist unhöflich, aufdringliche Fragen zu stellen«?).

Sie hatte eine ältere Schwester, die sie bewunderte. Ich habe ihren Namen längst vergessen, aber ich weiß, daß sie reiten konnte wie der Wind. Mehr noch, sie und Schwester Traven waren in Afrika geritten. Dort hatten sie einen großen Zulu gehabt, der den beiden Schwestern im Haus diente. Ihm war als Kind die Zunge herausgeschnitten worden, und er trug immer einen Speer, aber die Mädchen verehrten ihn. Ihr Vater liebte Afrika von allen Kontinenten am meisten.

Sie fragte, warum ich sie in den Ferien nicht einfach Virginia nenne. Sie hoffte, wir könnten uns noch einmal treffen. Ich ergriff die Gelegenheit und fragte, wie es denn mit nächster Woche sei. Nun, sie müsse wohl für einige Tage nach London, doch sie werde mir eine Nachricht schicken.

Ich dachte, es wäre ein Korb, den sie mir gab. Sie ergriff meine Hand unter dem Tisch, zog sie auf ihr Knie, lächelte mich verliebt an und beteuerte, sie werde mir ganz bestimmt schreiben. »Glaubst du mir nicht?«

»Doch, ich glaube Ihnen.«

»Ganz bestimmt werde ich es tun, mein Schatz. Aber ich muß nach London, weil ich beim Gericht vorgeladen bin – eine meiner besten Freundinnen ist in eine Scheidungssache verwickelt, und ich bin sozusagen die Hauptzeugin.«

»Sie führen ein so aufregendes Leben, Virginia!«

»Eine Scheidung ist nicht aufregend – sie ist nur grausam. Was ist denn das Aufregendste, was du je getan hast, Horatio?«

Ich erzählte ihr von der Gelegenheit, als Nelson und ich in Hunstanton von Hornissen gejagt wurden und wir in voller Kleidung ins Meer gesprungen waren, um uns vor ihnen in Sicherheit zu bringen. Virginia und ich lachten vergnügt bei der Vorstellung. Es war eine Freude, mit ihr zusammenzusein.

Als sie mich zu unserem Haus zurückfuhr, erlebte ich einen weiteren furchtbaren Augenblick der Unsicherheit. Ich starrte sie an. Sie küßte mich flüchtig, streifte meinen Mund mit ihren Lippen. »Bis bald!«

Die Eltern wollten sich meine Zeichnungen ansehen, als ich in mein Zimmer hinaufrannte.

»Ich hab' sie in Traven House liegen gelassen«, sagte ich.

Mein letztes Trimester in Branwells begann, obgleich ich es damals noch nicht wußte: das Sommertrimester 1939. Ich dachte, ich hätte noch ein weiteres Jahr vor mir bis zu den Hochschulprüfungen. Es war das einzige Trimester, zu dem ich freudig zurückkehrte. Ich wußte, daß ich Virginia wiedersehen würde.

Unsere zweite Verabredung war wundervoll verlaufen. Sie war einfach traumhaft gewesen.

Wir hatten im großen und ganzen das Gleiche getan wie beim ersten Mal und hatten es sogar zu einer halb leidenschaftlichen Umarmung gebracht – und zu einem langen Abschiedskuß. Virginia hatte mich geküßt! Virginia Traven hatte mich geküßt!

In Branwells schien sie wieder ein wenig mehr zu mir auf Distanz zu gehen, aber ich begriff, daß beide Seiten große Vorsicht üben mußten, wenn wir ein Liebespaar werden und bleiben wollten.

Zu Beginn des Trimesters wurde ich zum Präfekten ernannt. Dieser Posten verschaffte mir zusätzliche Freiheiten. Es bedeutete, daß ich ungehindert durch die Schulräume wandern konnte, ohne befragt zu werden, was ein unerhörter Luxus war. Es hieß außerdem, daß man ein Studierzimmer für sich allein bekam, ein Privileg, das einem viele sexuelle Vorteile verschaffte, obgleich man fairerweise hinzufügen muß, daß nur wenige Präfekten sich derer bedienten oder zumindest nicht allzu oft. Wir waren uns einig, daß wir sehr viel zivilisierter waren als die Lümmel, die Präfekten zu der Zeit waren, als wir als Anfänger an die Schule kamen, was nun schon eine halbe Ewigkeit her zu sein schien.

Frank Richards lag jetzt hinter mir. Greyfriars hatte am Ende doch seinen Reiz verloren. Ich hatte mich mit Nelson und einem unserer Freunde zu Hause über den Sozialismus unterhalten – zu meiner gelinden Überraschung bekannten sich beide als Sozialisten –, und Nelson ging mit einem Mädchen aus, das sich ebenfalls als Sozialistin bezeichnete – seine Verlobung mit Catherine war aufgelöst worden oder, genauer ausgedrückt, hatte sich einfach verflüchtigt. Ich las alles über den Sozialismus und die weniger langweiligen politischen Ideen in der Schulbibliothek. Ich stieß außerdem auf Keats und andere Dichter – feine Burschen, wie ich jetzt entdeckte, die einiges zu dem zu bemerken hatten, was zwischen mir und Virginia ablief. Kurz und gut, ich wurde allmählich zivilisiert.

Ich arbeitete außerdem intensiv für das Schulabschluß-Zertifikat. Dieser ganze Alptraum, das äußere Zeichen für den Höhepunkt der Schullaufbahn, ist mittlerweile schon so tot und begraben, daß ich nicht die Absicht habe, all das an dieser Stelle wiederzubeleben. Ich absolvierte die Prozedur in allen Ehren, und das war es dann. Es war damals eine langweilige Sache; und es langweilt mich auch jetzt. Wohingegen Virginia mich noch immer interessiert.

Man soll nun nicht glauben, daß die bisher liebsten schulischen Reize für mich gestorben waren. Der Sündenpfuhl brodelte noch, wie es so schön heißt. Zu meiner Freude stellte ich fest, daß Brown im Schlafsaal nur wenige Betten von mir entfernt schlief – was Webster zu der scherzhaft eifersüchtigen Bemerkung veranlaßte: »An dem ruhmreichen Tag, wenn die blutige Revolution ausgerufen wird, werde ich dafür sorgen, daß sie *dich*, alter Freund, zuerst erwischen!«

Brown hatte von einem Abenteuer zu erzählen. Er behauptete, während der Ferien habe der Gärtner ihn dabei erwischt, wie er versuchte, dem Familien-Chow-chow auf dem Spargelbeet einen herunterzuholen, und ihn dann in den Geräteschuppen mitgenommen und dort veranlaßt, mit der gleichen Technik einen, wie Brown es beschrieb, wirklich großen Hampden zu bedienen.

Solche Geschichten, einige der Wahrheit entsprechend, einige zum Teil wahr, einige eher Produkte eines Wunschdenkens, einige ganz offensichtlich erlogen, machten zu Beginn jedes Trimesters die Runde; die erlogenen gingen schnell unter und wurden vergessen, die wahren Geschichten überlebten jedoch und wurden gern immer wieder neu aufgekocht. Drury beschrieb, wie er seine Schwester gebumst hatte. Wir wußten, daß Drury seine Schwester bumste; wir hatten es schon früher von ihm erfahren; er hatte immer einen Haufen Details auf Lager. Und es gab keinen Jungen, der ihn nicht beneidete. Harper Junior behauptete, seine Mutter habe sich vollaufen lassen und ihm dann einen gelutscht. Ihn ignorierten wir.

Ich stellte fest, daß ich anfing, gewisse Heimlichkeiten zu entwickeln. Während ich vor diesem Trimester aus meinen Absichten in bezug auf Virginia – Schwester Traven, wie ich sie während des Trimesters wieder nannte – keinen Hehl gemacht hatte, reagierte ich jetzt mit einem totalen Desinteresse in dieser Angelegenheit. Dafür beteiligte ich mich verstärkt an besonders rüden zweideutigen Gesprächen, um meine wahren Gefühle zu verschleiern. Diese Rolle hatte ich zu Hause zu spielen begonnen, weil ich dadurch vor Spott geschützt war; es funktionierte so gut und so lange, daß es mir am Ende schwerfiel, sie wieder abzulegen oder mir über meine wahren Gefühle auch nur halbwegs klar zu werden.

Ebenso erzählte ich auch niemandem etwas von Esmeralda, außer einem Mal, als ich sie Brown gegenüber erwähnte, indem ich ihm sagte, er behandele mich fast ebenso sinnlich und geil wie sie – denn der Trick der Sinnlichkeit, oder die Gabe, wenn es das ist, bleibt vielen Männern und Frauen auf ewig versagt; tatsächlich bin ich davon überzeugt, daß diese Eigenschaft, zumindest in Nordeuropa, eine Seltenheit ist. Esmeralda und ich waren zu einer Vereinbarung gelangt, und zwar zu einer für beide Seiten sehr angenehmen. Wir waren davon abgekommen, bis zum Letzten gehen zu wollen, aber bei einigen Gelegenheiten während der Ferien hatten wir uns getroffen und uns in freundlichster Weise gegenseitig beglückt.

Nach ihrer ersten Demonstration von Großzügigkeit, indem sie mich einen Blick auf ihre Muschi werfen ließ, entpuppte sich Esmeralda als weitaus zurückhaltender. »Das ist nichts zum Anstarren«, sagte sie zur Begründung.

Ich befand mich jedoch in einer sehr starken Position, um gewisse Forderungen stellen zu können. Esmeralda wollte ganz genau sehen, wie ich zu Werke ging.

Bei unserer Lieblingsstellung lagen wir auf der Seite auf ihrem Bett – Esmeralda hinter mir. Sie sah über mich hinweg auf meinen Schwanz, während sie ihn rieb, raffiniert das Tempo variierte, bis ich aufstöhnte und mich in mein bereitgelegtes Taschentuch entleerte. All das geschah, während ich eine Hand zwischen ihre prallen Schenkel geklemmt hatte. Danach drehte ich sie auf den Rücken, ließ sie die Beine weit spreizen und besorgte es ihr meinerseits mit den Fingern.

Sie kam immer sehr schnell. Der Duft ihrer Geschlechtsteile war für mich wundervoll; später im Leben, als ich erfahrener war, widerstand ich auch nicht dem Impuls, meinem Geschmackssinn genauso nachzugeben wie meinem Geruchssinn. Damals reichte es aus, ihre entgegenkommende animalische Nähe zu genießen, zu beobachten, wie sie sich zufrieden nach hinten legte und lächelte, und vielleicht mit einem Finger ihre Klitoris zu suchen und den letzten entscheidenden Rest an verbliebenem Gefühl dort zu aktivieren.

Wenn man mir die Möglichkeit ließ, dann war ich eine liebevolle Person. Wenn ich mit jemandem sexuell aktiv war, so empfand ich gewöhnlich eine große Zuneigung zu der betreffenden Person; sicherlich wäre ich absolut verrückt nach Esmeralda gewesen, hätte es nicht dieses schicksalhafte Gefühl gegeben, das ich für Schwester Traven empfand. Ich vermute, ein allgemeines Urgesetz wurde hier wirksam: Esmeralda hatte sich hingegeben, wohingegen Schwester Traven immer noch eine Verheißung war...

Nur wenige Monate vorher wären die Intimitäten mit Esmeralda der höchste Genuß gewesen. In vieler Hinsicht waren sie das immer noch; und mehrere Tage nach Trimesterbeginn machte ich mir vor, ich könnte ihren wundervollen Geruch immer noch unter einem Fingernagel wahrnehmen; doch meine Liebe zu Schwester Traven stellte eine Steigerung dar.

Das Glück ist einem hold, wenn man ihm nur eine Chance dazu gibt. Meine Chance ergab sich bereits sehr früh im Trimester. Ich sollte mit der ersten Kricketmannschaft der Schule gegen North Malverton antreten, unsere alten Rivalen. Es sollte mein erstes Spiel in der Elf sein, und ich war mir der großen Ehre durchaus bewußt.

Als der Tag des Spiels endlich anbrach, fühlte ich mich furchtbar schlecht. Was immer ich mir gefangen hatte, kreiste bereits seit zwei Tagen durch meinen Körper. Ich sagte Page Bescheid, dem Mannschaftskapitän, doch er wollte nicht auf mich verzichten. Solange ich mich wenigstens halbwegs auf beiden Beinen halten konnte, war ich ihm lieber als Bellarmine, unser zwölfter Mann.

Wir spielten als erste im Feld. Für Mai war es ein sehr heißer Tag. Ich bezog meine Position, und das Spielfeld verschwamm vor meinen Augen. Ich schien Selbstgespräche zu führen.

Der Kapitän von Malverton – seinen Namen habe ich vergessen, aber er trug einen Schnurrbart – wollte als erster ans Schlagmal. Seine Trefferquote lag bei achtundvierzig, und es waren noch keine Wickets heruntergefallen, als er den Ball in meine Richtung schlug. Ich sah ihn kommen, verfolgte seinen unberechenbaren Kurs durch die Luft, ein gemeines rotes Ding, das größer und größer wurde und jeden Wunsch zu verhöhnen schien, es aufzufangen. Der Ball erwischte mich genau an der Stirn über dem linken Auge. Nachher erzählte man mir, ich hätte nicht mal die Hände hochgehoben. Das Feld, die Mitspieler, der Ball – alles wirbelte wie irr herum und versank in absoluter Schwärze.

Als ich endlich wieder aufwachte, fand ich mich im Krankensaal wieder. Ich hatte nicht nur eine Gehirnerschütterung davongetragen, sondern man vermutete bei mir auch eine rechtsseitige Lungenentzündung. Der Schuldirektor kam sogar vorbei, um nach mir zu sehen, daher wußte ich, daß es um mich ziemlich schlecht bestellt war. North Malverton gewann mit fünf Wickets Vorsprung.

Schwester Virginia Traven trug einen weißen Kittel, wenn sie in der Schule Dienst tat. Darunter befanden sich die Sachen, in denen ich sie während der Ferien gesehen hatte, Kleidung, wie Frauen sie damals bevorzugten, ein rehbrauner Wollpullover, unter dem die zarten Konturen ihrer Brüste kaum wahrzunehmen waren – ich konnte sie jedoch ohne Schwierigkeiten genau erkennen –, und ein Tweedrock. Über dem Pullover trug sie entweder ein Jackett, das farblich zum Rock paßte, oder eine ziemlich schäbige grüne Wildlederjacke, die innen ein Etikett mit einem Herstellernamen aus Stockholm aufwies. Ihre Strümpfe und ihre Schuhe, weich, braun und »praktisch«, hatten nichts Auffälliges an sich. Ihre Garderobe entsprach, wie ich annehme, genau dem, was Tausende von Frauen ihrer Schicht trugen; doch für mich steckte in ihr etwas von dem Glanz und Geheimnis ihrer schwer faßbaren Persönlichkeit. Ich hätte ihre Sachen unter Tausenden ähnlicher Kleidungsstücke heraussuchen können, so genau hatte ich mir jedes Detail eingeprägt. Ihre Jacke zu finden, die nachlässig über eine Stuhllehne gelegt und zurückgelassen worden war, verursachte bei mir ein intensives Gefühl der Bitterkeit, der Liebe und des Verlustes.

Sie ging im Krankensaal unauffällig ihrer Tätigkeit nach, als ich nachmittags dort eingeliefert wurde. Sie maß meine Temperatur und meinen Puls, wobei sie neben dem Bett stand. Später setzte sie sich zu mir, während die Küchenhilfe, Bovis, mir eine Tasse Tee brachte. In meinem dröhnenden Kopf erschien mir alles außerhalb Liegende irgendwie fern und gedämpft, doch Virginias Ruhe drang deutlich bis zu meinem Bewußtsein durch.

So schlimm ich mich fühlte – ich hatte hohes Fieber –, so war ich auch von seliger Leichtigkeit erfüllt. Ich war regelrecht in ihre Hände gelegt worden. Dies war ihr Reich, und sie allein kümmerte sich um mich! Zu Beginn des Sommertrimesters stand der Krankensaal leer; keine triefnasigen Grippefälle oder Bindehautentzündungen, keine Warzenentzündungen oder Masern. Nur der nackte, kahle Raum mit Blumen auf der breiten Fensterbank, während die anderen Betten, eisenhart gestärkt, an den Wänden aufgereiht ordentliche geometrische Muster bildeten.

Was den einzigen Insassen betraf, so war ich so etwas wie ein Held. Ich war mit einer Lungenentzündung im Leib gegen Malverton angetreten! Die Gebräuche und der Geist Branwells, der Gleichgültigkeit im Leiden und im Vergnügen forderte, zollten diesem Verhalten Anerkennung. Im Ofen wurde ein Kohlenfeuer entfacht, obgleich das Wetter schön war. Bovis zündete das Feuer feierlich an.

Das Fieber sorgte dafür, daß mir mein erster Tag im Krankenzimmer endlos lang vorkam. Ich lag da und lauschte verdrießlich nach draußen, von wo das Geräusch von Schlägern und Bällen vom abendlichen Netztraining an meine Ohren drang. Der Abenddunst in der warmen Luft war beinahe mit Händen greifbar, als die Schwester ihre letzte Runde machte und Bovis mir Suppe brachte, die ich aber nicht essen wollte.

Als die Schwester den Saal verlassen hatte und die große Schule sich anschickte, sich der Nachtruhe zu ergeben und nacheinander das Pfeifen und Trampeln auf den Korridoren und die Geräusche, die auf dem Sportplatz erklungen waren, in der Dunkelheit versickerten, war ich schließlich allein mit meiner außer Kontrolle geratenen Körpertemperatur. Ich wälzte mich aus dem Bett und schaute durchs Fenster auf den Innenhof, der nun verlassen dalag – nur ein Lehrer mit Pfeife im Mund und einem Stapel Bücher unter dem Arm ging vorüber. Die Schulmaschinerie funktionierte perfekt ohne mich – mich, der ich vielleicht im nächsten Trimester schon Oberpräfekt sein konnte. Als ich erkannte, wie unwichtig ich war, überkam mich meine alte Einsamkeit, und ich bettelte um Trost und Zuspruch.

Ich rief nach Esmeralda. In ihren Armen hatte ich mich noch am wohlsten gefühlt.

Schwester Travens Zimmer befand sich über dem Krankensaal. Sie hörte meine Rufe und kam herunter, wobei sie sich mit einer Taschenlampe zu meinem Bett tastete. Sie trug ihre vertraute Kleidung nicht mehr; sie hatte ihre Tracht abgelegt; dafür trug sie ein Nachthemd und einen Morgenmantel. Vielleicht hatte ich länger am Fußende meines Bettes gelegen, als mir bewußt war; vielleicht hatte ich auch weniger laut gerufen und weniger häufig, als ich annahm – im Fieber waren meine Sinneseindrücke ziemlich verzerrt. Ihre ersten Worte, die sie an mich richtete, lauteten: »Psst, Mitternacht ist längst vorbei! Alles schläft schon!«

Seltsame und aufregende Worte, richtig verschwörerisch!

Sie kam zu mir, legte mir eine prüfende Hand auf die Stirn. Ich klammerte mich augenblicklich an sie. Sie war klein und leicht und ließ sich ohne Schwierigkeiten auf das Bett herunterziehen. Ich umarmte sie. Nun, da ich weinte, flüsterte sie aufgeregt mit mir.

Dieser erste Liebesakt war eine seltsame Mixtur aus kindlicher und erwachsener Phantasie – zweifellos auf beiden Seiten. Virginia war zum Teil auch eine Mutterfigur für mich und deshalb um so reizvoller; außerdem war dies, zur gleichen Zeit, die erste Gelegenheit, daß ich jemanden *liebte,* anstatt nur Genitalien zu manipulieren. Ich liebte Virginia. Ich entblößte ihre kleinen Brüste und bedeckte sie mit nassen Küssen, ich streifte ihre dünnen Kleider zurück, ich spürte die ersehnte Feuchtigkeit zwischen ihren schlanken Schenkeln, und wir verschmolzen wie von selbst miteinander. Wir lagen nebeneinander und wiegten uns gegenseitig. Es war eine Offenbarung!

Sie schien die ganze Zeit etwas zu flüstern; wegen des Fiebers konnte ich anscheinend nicht verstehen, was sie sagte. Sie belegte mich mit einem seltsamen Kosenamen. Und sie brauchte mich. Ihr Bedürfnis nach mir traf mich unerwartet wie eine große Woge, umspülte mich, hob mich hoch. Der riesige Ziegelbau der Schule stieg auf und kreiste um unsere Köpfe. Im tanzenden Licht des Feuers erkannten wir uns gegenseitig nur als amorphe Schatten, meine mystische Geliebte und ich.

Nachher lagen wir noch lange Arm in Arm nebeneinander. Meine Hand strich über ihr Haar.

Schließlich richtete sich Virginia auf. Sittsam ordnete sie ihre Kleidung und strich sich die Haare zurecht. Ich konnte erkennen, daß sie mich anlächelte, während ich neben ihr lag und strahlte.

Viele komische Dinge gehen einem durch den Kopf, die man mit Worten fast gar nicht ausdrücken kann. Ich habe schon immer einen Hang zu Frauen gehabt, habe mich von ihnen angezogen gefühlt und sie immer voller Neugier betrachtet, wahrscheinlich weil das Temperament meiner Mutter mich dazu gebracht hat, ihnen niemals vollständig zu vertrauen. Mit bislang nicht genau erklärbaren Sinnen habe ich schon immer sehr viel von ihnen gewußt, auch wenn meine Erfahrungen mit ihnen nahezu gleich Null waren.

Was ich über Virginia wußte, könnte sich in einen Satz packen lassen: Ich wußte, daß sie eine komplizierte Persönlichkeit war und daß dennoch ihre Güte nie besonders tief unter ihrer Oberfläche verborgen war und daß sie in irgendeiner Weise zutiefst verletzt worden war – und das vermutlich ohne Hoffnung auf Wiedergutmachung. Dieses intuitive Wissen erhellte jede ihrer Gesten und jedes Wort, verlieh ihnen eine ganz individuelle Bedeutung, genauso wie ihre Kleidung eine ganz spezifische Aussagekraft hatte.

Diese Entdeckung, daß ich Frauen überaus intim kennenlernen konnte – ohne in ihre persönlichsten Bereiche einzudringen, denn das hätte meine Schüchternheit niemals zugelassen –, füge ich an dieser Stelle in aller Öffentlichkeit ein. Zuerst war es für mich ein eher nebulöses Phänomen, dem ich nicht zu trauen wagte; erst viel später untersuchte ich es etwas eingehender und fand heraus, daß es kein allzu schöner Wahn war. Aber ich mußte hier einen Platz dafür finden, denn ich verliebte mich in die liebenswerte Virginia, und dieses intuitive Wissen von etwas, das sie mir nie mitteilen konnte, war eines der seligmachenden Geschenke, die mir damals gewährt wurden.

Glücklicherweise spielen Selbstvorwürfe in meiner Natur keine allzu große Rolle. Meine Mängel wurden mir schon frühzeitig zu Bewußtsein gebracht; ich habe sie oder meine häßlichen Gewohnheiten niemals abgelegt. Allerdings haben sie mich auch nie allzu sehr belastet aufgrund meiner intimen Kenntnis der Tatsache, daß Mängel und Schwächen die wesentlichen und entscheidenden Komponenten der Persönlichkeit eines jeden sind. Vollkommenheit ist nur ein Ausdruck von Schwäche.

Dieses Wissen hat mir gestattet, so offen zu schreiben, wie ich es hier getan habe. Es ist eine Kindheit und Jugend, die ich hier schildere, und keine Krankengeschichte; bei vielen, die es sicher nicht zugeben werden, dürften meine Erfahrungen gewisse Erinnerungen wachrufen.

Was ich bedaure, sind meine literarischen Unzulänglichkeiten, die es mir nicht gestatten, diese frühen Jahre noch einmal zu durchleben. Ich kann nichts anderes tun, als sie zu schildern, so ehrlich wie möglich und von einem Standpunkt, der von Alter und Erinnerung geprägt ist.

Nur an dieser Stelle will ich zugeben, wie unzulänglich mein Talent ist, diesem wundervollen Ereignis, als Virginia und ich eins und, für einen unbestimmten Zeitraum, einander alles waren, wieder Leben einzuhauchen, es wieder auferstehen zu lassen.

»Nun sollte ich meinem Patienten lieber eine Tasse Tee holen«, sagte sie. Was immer sie sagte, wurde mit einem eigenwilligen Charme hervorgebracht, mit einem Anflug von Ironie, einer Art halboffizieller... nein, ich kann es nicht beschreiben. Es war nicht etwa so, daß sie sich selbst oder mich oder die Welt nicht ganz ernst nahm, eher verfolgte sie eine nicht ganz ernsthafte Politik, im Grunde gar nichts richtig ernstzunehmen.

Unersättlich, wie ich war, griff ich wieder nach ihr, als sie sich anschickte, mein Bett zu verlassen.

»Du bist wirklich sehr krank«, sagte sie. Aber ich war mir natürlich sicher, daß ich sie in meinem ganzen Leben nie mehr in mein Bett würde locken können.

Glücklicherweise entwickelte es sich nicht so. Wie vor mir der große A. K. Dancer hatte ich die wahre Liebe gefunden. Allerdings mußte mir noch nahegebracht werden, daß

Liebe, wie alles andere im Leben, ihre Fehler und Mängel hat.

Wenn es allein mir überlassen worden wäre, dann hätte ich, da ich es nicht besser wußte, die Beziehung als eine Affäre zwischen Geschlechtsorganen gestaltet. Doch Virginia lenkte sanft und zielstrebig die Beziehung in andere Bahnen. Sie hatte nichts gegen sexuelle Kontakte, aber sie bestand gleichermaßen auf sozialen Beziehungen.

Fünfzehn Tage, fünfzehn wundervolle Tage lang befand ich mich im Krankensaal unter ihrer Fürsorge und Anleitung. Zehn Jahre lang, bis zu meiner verkorksten Ehe, sollte ich die Gesellschaft einer Frau nicht mehr in dieser Ausschließlichkeit und Beständigkeit genießen. Ohne es bewußt zu wollen, prägte Virginia mich in dieser Zeit nachhaltig.

Während dieser Tage blieb die Welt stehen – wenngleich ich in der letzten Woche meine Schulbücher vornahm und tagsüber den Lernstoff nachholte. Meine Freunde kamen, um mich zu besuchen, und gaben rüde und neidvolle Kommentare von sich, über die ich lachte und auf die ich mit ähnlich groben Scherzen reagierte: Ich nahm mir dabei Virginia als Zielscheibe, tat mir dabei selbst weh, damit diese unflätigen Kerle, meine Kameraden, nicht errieten, was wirklich im Gange war.

Einer von ihnen, ein grobgesichtiger Junge namens Spaldine, der aus Spalding kam und ebenfalls zur Kunst-AG gehörte, war besonders neugierig. Ich wußte, daß er selbst von Virginia träumte.

»Du mußt dich doch wenigstens einmal an sie herangemacht haben«, sagte er.

»Um Himmels willen, du weißt doch, ich würde es sicherlich genauso gerne wie du versuchen, Spaldine, du Bastard, aber sobald jemand sie auch nur berührt, rennt sie doch gleich zum Chef, und ich würde rausfliegen, ehe ich überhaupt wüßte, was los ist.«

»Dann versuch's doch, es wäre sicherlich den Rauswurf wert!« forderte Spaldine mich auf.

Und dann gingen sie wieder, und meine geheimnisvolle Geliebte, doppelt so alt wie ich, kam mit schnellen Schritten in den Saal. Sie schien sich dabei einen Augenblick zu verhalten, als wäre unsere Beziehung rein formeller Natur – als wäre sie vielleicht von allem genauso überrascht wie ich.

Nachmittags durfte ich hinaufgehen in ihr Zimmer, normalerweise ohne irgendwelche Beschränkungen, und mit ihr auf dem Sofa sitzen und sogar eine heimliche Zigarette mit ihr rauchen. Wir unterhielten uns als gleichrangige Partner. Sie ging dann gern zu einer gedehnten Sprechweise über, drückte sich sehr zynisch aus und erzählte mir amüsante und manchmal auch gewagte Geschichten über ihre Familie, deren sämtliche Angehörigen sehr interessante Dinge taten. Was sie selbst betraf, so war sie da etwas zurückhaltender.

Das Neue und Betörende an dieser Situation erfüllte jeden Winkel meines Lebens. Ich dachte jeden wachen Augenblick an sie, ob sie nun bei mir war oder nicht; und sie beherrschte auch meinen Schlaf, selbst wenn ich nicht von ihr träumte.

Virginias einziger Nachteil war der, daß sie nicht so wollüstig war wie ich. Außer bei einer Gelegenheit wollte sie tagsüber nicht mit mir schlafen. Der Abend und die Nacht, so sagte sie, seien für die Liebe da: Die Körper, die mit der Dunkelheit verschmelzen, seien dann sinnlicher. Ich lachte und fragte sie, ob sie das ihr alter Zulu gelehrt habe, aber sie sagte, es sei eben so. Vielleicht stimmt es tatsächlich.

Mit dieser Überzeugung ging eine starke Abneigung dagegen, mir einen Teil ihres Körpers unbekleidet darzubieten, einher. Ihr Körper, meinte sie, wäre ihr Geheimnis; niemand hätte ihn gesehen, seit sie erwachsen war. Nur nach Einbruch der Dunkelheit dürfte ich ihn berühren und küssen, und das auch nur in genau festgelegten Zonen. Sie hatte es gern, wenn ihre Brüste geküßt wurden, aber das war auch schon die äußerste Grenze.

An ihrem Körper gab es keinerlei Mängel; ich konnte

keine Narben erfühlen. Ich entsann mich meiner heimlichen Überzeugung, daß sie in irgendeiner Form zutiefst verletzt worden war, und fragte sie, welche unangenehmen Dinge ihr in ihrem bisherigen Leben zugestoßen wären.

»Anständigen Mädchen stößt niemals etwas Unangenehmes zu, Horatio, Liebling.«

Später jedoch gestand sie, daß sie, als ihre Familie in Hongkong gelebt hatte, sie noch ein kleines Mädchen gewesen und ihr Vater dort stationiert gewesen war, an einem rheumatischen Fieber erkrankt sei und daß nur die hingebungsvolle Krankenpflege ihrer Mutter sie vor weiteren Schäden bewahrt hätte.

Jeden Abend um Mitternacht kam sie zu mir herunter in den Krankensaal. Ich meinte, daß wir in ihrem Zimmer vor Entdeckung sicherer wären, denn der diensttuende Lehrer kam manchmal auf die Idee, des Nachts durch die ganze Schule zu wandern; außerdem wollte ich zum erstenmal in meinem Leben in den Genuß eines weiblichen Bettes kommen; aber Virginia hielt mir entgegen, daß sie im Krankensaal rechtzeitig hören konnte, wenn jemand kam. Dann konnte sie so tun, als sei sie im Dienst, wohingegen es viel eher auffallen würde, wenn wir uns in ihrem Zimmer aufhielten und mein Bett unbelegt wäre. So liebten wir uns weiterhin genauso wie beim ersten Mal, und die Vorstellung, daß wir dabei vielleicht überrascht werden könnten, steigerte unser Glück vermutlich noch – denn in gewisser Hinsicht unterschieden wir beide uns kaum von Kindern bei einem Rollenspiel.

Schließlich konnte diese Rolle auf dieser Bühne nicht länger gespielt werden. Mein Klassenlehrer suchte Schwester Traven auf und forderte sie mit einigem Nachdruck auf, mich so bald wie möglich wieder in den Schulbetrieb zurückkehren zu lassen. Ich mußte wohl gehen. Mittlerweile war ich wieder völlig gesund, und Virginia ließ mich jeden Tag lange Spaziergänge unternehmen.

Zweimal während dieser Märsche erwartete sie mich an einem verabredeten Punkt. Einmal gingen wir bis Youlgreave und aßen heißen Teekuchen und tranken dazu große Tassen Tee in einem kleinen gekalkten Häuschen, das noch dort existierte und während des Krieges leerstand. Später kam ich durch Zufall und unter weitaus traurigeren Umständen dort noch einmal vorbei, und ich erinnerte mich schmerzhaft an das Glück, das wir dort erlebt hatten; für mich war es eine Zeit der Seligkeit, zugleich voller Frieden und doch mit erregenden Offenbarungen angefüllt. Trotz ihrer gediegenen Herkunft schien Virginia mit mir wunschlos glücklich zu sein, während jede Bemerkung über die große Welt, die sie von sich gab, mich überaus faszinierte.

Das alles konnte nicht ewig dauern. Sobald ich wieder die Schule besuchte, wurden die alten Verbote und Regeln wieder wirksam. Sie waren einfach zu beherrschend, um überwunden zu werden. Sowohl der Krankensaal wie auch ihr Zimmer waren für mich nun unerreichbar. Ich hatte keinerlei Vorwand mehr, sie aufzusuchen oder irgendwo zu empfangen. Wir konnten uns gelegentlich sehen, aber dieses scheue, flüchtige Lächeln enthielt keine besondere Botschaft für mich. Ach, ich hatte Virginia wohl verloren!

Ich kann nicht behaupten, daß die Liebe starb. Tatsächlich ist sie sogar heute noch nicht tot. Aber ich mußte so leben, als wäre sie tot. Ich mußte arbeiten und spielen und lachen und fluchen. Brown sprang freudig wieder in mein Bett, und wir holten uns mit fast dem gleichen Eifer wie vorher gegenseitig wieder einen herunter. Harper Junior, der seit kurzem mit dem Eintreten der Pubertät widerspenstig und unangenehm geworden war, mußte sich beim Schein der Taschenlampen selbst lutschen und bot dabei für alle Zuschauer einen abstoßenden Anblick. Das Schulleben ist nun mal so. Es wird nur von kurzen Atempausen unterbrochen.

Die Tortur der Abschlußprüfung begann und wurde überstanden. Schon zu dieser Zeit erschien uns die Prozedur als eine seltsam unklare und akademische Übung. Als junge Männer, die wir damals waren, wußten wir genau, daß in Europa die Lunten in Brand gesetzt worden waren, und wir sahen das Funkeln der aufgepflanzten Bajonette und hörten das gleichmäßige Knirschen und Knallen marschierender Füße. Wir beneideten und haßten die Hitlerjugend mit ihrer allgemeinen Unmoral – wie es in der Propaganda hieß – und der Bereitschaft der deutschen Mädchen, Kinder zur Welt zu bringen. Wir waren froh, daß – noch – kein Krieg im Gange war, aber wir haßten den Frieden.

Zwanzigjährige Männer wurden bereits zur Armee eingezogen; Großbritannien erlebte ein böses Erwachen. Ein Ehemaliger, mittlerweile Oberst, kam zu uns und redete zornig über den Krieg. Ein Rekrutierungsplakat hing plötzlich am Schwarzen Brett. Hitler und Mussolini schlossen ihren Pakt. Wir badeten im grünen Schwimmbecken und wichsten und lernten und warteten darauf, daß die unsichtbaren Fahnen riefen, die allen jungen Männern winkten.

Während Hitlers Panzerdivisionen durch Polen rasselten, starb mein Großvater an einem Herzschlag. Nelson, mein Vater und ich saßen untätig in Großvaters stillem Haus, als Neville Chamberlain verkündete, daß Großbritannien sich nun mit Deutschland im Krieg befände. Einige Sekunden später informierte unser alter Hausarzt uns, daß unser Großvater nicht mehr lebte.

»Nur gut, daß der alte Mann davon verschont blieb, das Schlimmste zu hören«, sagte Vater. Er glaubte, daß der Krieg »alles ruinieren« würde; und das war auch die Ansicht seines verstorbenen Vaters gewesen. Nelson und ich sahen uns gespannt an. Ich hatte vor zwei Tagen gerade meinen siebzehnten Geburtstag gefeiert.

Er, drei Jahre älter, trug eine fremdartig wirkende Armeeuniform. Er war vor zwei Monaten eingezogen worden; dies war sein erster Achtundvierzigstunden-Urlaub. Er und ich waren uns nie ferner gewesen, aber er verstand offenbar, was ich dachte, denn er meinte: »Du kannst noch nicht eintreten.«

»Du mußt zurück auf die Schule, Horatio«, sagte Vater.

»In Branwells kann dir nichts passieren. Die Deutschen werden uns hier gewiß nicht bombardieren können.«

Aber ich ging nicht mehr zurück an die Schule. Zum Teil lag das an meinen Eltern: Beide waren von der Frage besessen, wie wir alle in »Sicherheit« leben konnten; Vater fing mit dem Bau eines riesigen Luftschutzbunkers im Garten an und verpflichtete mich, beim Graben und beim Betonmischen zu helfen. Für mich war das Ganze eine völlig sinnlose Operation.

Mein Hauptgrund, warum ich Branwells nicht mehr sehen wollte, war jedoch der, daß ich nicht mehr mit Virginia zusammentreffen wollte.

Wir trafen uns ein paar Tage nach der Kriegserklärung, als das ganze Land vor Erregung zu zittern schien. Diese Aufregung hatte auch Virginias schlanke Gestalt erfaßt. Sie hatte soeben bei der Schule ihre Kündigung eingereicht und war im Begriff, sich dem Sanitätsdienst anzuschließen! Sie hoffte, nach Frankreich in Marsch gesetzt zu werden – sie hatte Freunde in Paris.

Dies war – ich muß die alte melodramatische Phrase benutzen, die mir damals durch den Sinn ging – das Läuten der Totenglocke. Wir sollten getrennt werden, vielleicht für immer! Ich hatte so gut wie nie weiter in die Zukunft geblickt. Innerhalb unserer Beziehung hatte ich mich völlig sicher gefühlt. Das Äußerste, was ich mir an Zukunft vorgestellt hatte, war, daß wir die langen Sommerferien gemeinsam verbringen würden, daß wir vielleicht sogar gemeinsam im Fluß schwimmen könnten oder daß sie und ich es irgendwie schafften, gemeinsam zum Bungalow in Hunstanton zu fahren, oder daß wir uns in einem der Türme von Traven House liebten. Doch nun sollten wir für immer voneinander Abschied nehmen, und ihr wundervolles Licht würde woanders leuchten! In Paris! Genauso gut hätte sie auch Mars sagen können!

Angesichts dieser bevorstehenden Trennung erkannte ich voller Bitterkeit, daß ich wirklich nur ein Kind war. Wie konnte ich sie halten? Oder wieder zu ihr finden, wenn sie längst entschwunden war?

Eines war zumindest gewiß: Diese grauen Schulgebäude würden ohne ihre verzaubernde Anwesenheit ganz und gar unerträglich sein.

Ich brach zusammen und weinte, aber erst später und allein, als der Schock mich mit voller Wucht traf. Als Virginia bei mir war, reagierte ich auf ihre Neuigkeit mit schuljungenhafter Flapsigkeit.

»Oh, du wirst in der Schwesterntracht einfach süß aussehen, Virginia, und die Männer werden nach dir verrückt sein! Ich muß dich wenigstens einmal in diesem Aufzug sehen!«

»Ich will dich aber nicht verrückt machen!«

»Ich bin ja schon verrückt. Bevor du abreist – Mutter hat mich gebeten, dich zu fragen –, kommst du noch mal zum Tee zu uns, ja? Mutter möchte dich so gern noch mal sehen. Und Ann wartet auf dich – sie ist allmählich erwachsen. Sie hat sich vor kurzem bei Woolworth einen Lippenstift gekauft und schminkt sich damit, wenn Mutter nicht da ist.«

Sie seufzte und schaute auf ihre Schuhspitzen.

»Möchtest *du* denn, daß ich zum Tee komme?«

»Nicht besonders. Ich meine, ich freue mich natürlich über jede Gelegenheit, dich noch einmal zu sehen. Aber Mutter kann wirklich nervtötend sein.«

»Sie glaubt nicht, daß da irgend etwas... Komisches zwischen uns im Gange ist?«

Ich runzelte die Stirn. »Komisch? Was ist komisch zwischen uns, Schwester Traven? Mir ist es todernst, und wie es bei Ihnen ist, weiß ich nicht.«

Am Ende willigte sie ein, am Freitag zum Tee zu uns zu kommen. Und dieses Abschiedsfest habe ich bereits andeutungsweise geschildert.

Als es vorüber und ich mit ihr zum Friedhof gefahren, sie gegangen und ich langsam nach Hause zurückgeschlendert war, um einen weiteren Eintrag in mein »Virginia-Tagebuch« zu machen, lag ich noch lange auf meinem Bett und dachte über mein Leben nach. Selten hatte ich bisher so rigoros Gewissenserforschung betrieben; kritische Selbstbetrachtung kam bei mir sehr selten vor.

In jenen Tagen war ich unfähig, mich selbst als einen grundsätzlich durchschnittlichen Zeitgenossen zu sehen, der zu sein ich jetzt widerstrebend zugebe; ich schwankte zwischen der Auffassung, ein großer Heiliger, und der, ein Sünder zu sein. Eins sah ich jedoch deutlich: nämlich daß ich aufgrund dessen, was ich als meine eigene Schuld anerkannte, es nicht geschafft hatte, bei meinen Eltern ein Gefühl echter Liebe zu mir zu erzeugen. Mein Bruder und meine Schwester liebten mich beide, und mit ihnen hatte ich sehr viel Glück; aber sie pflegten mit mir eine eher verspielte Beziehung von gemeinsamen Nestbewohnern. Ich war jedoch eine ziemlich isolierte und unabhängige Persönlichkeit geworden. Sex, so sagte ich mir, hatte den Platz der Zuneigung eingenommen.

Da war jedoch noch Virginia. Inmitten des schlimmen Chaos der Schule und meines Lebens hatte sie all jene Liebe in mir geweckt, zu der ich fähig war. Ich wollte mehr von ihrer Liebe – selbst wenn sie mich gar nicht so innig liebte –, und ich wollte ihr meinerseits mehr von meiner geben. Was hatte ich ihr überhaupt gegeben, ich, ein pickeliger Jüngling?

Eine große Leere breitete sich in mir aus, als mir klar wurde, wie unwürdig ich ihrer eigentlich war.

Mit der Leere stellte sich auch eine schmerzhafte Erkenntnis ein: Sie hat die Schule jetzt verlassen – die Welt ist so groß – du wirst sie jetzt jeden Tag aus den Augen verlieren – sie ist überhaupt nicht so eng an dich gebunden, warum sollte sie auch? – Sie könnte auch ohne ein weiteres Wort des Abschieds einfach verschwinden.

Wie wahr! In mir, auf diese Gelegenheit zur Selbstoffenbarung wartend, ruhte ein eher intuitives Verständnis für diese Frau, die ich liebte. Sie verhielt sich mir gegenüber ausweichend; und das tat sie auch sich selbst gegenüber. Unendlich wertvoll, konnte sie für mich genauso leicht für immer verloren sein.

Fast wäre ich in diesem Augenblick aus meinem Zimmer hinausgestürmt, um sie zu suchen. Wie ein Tier, das im Käfig eingesperrt ist, legte ich meine Stirn gegen die verschlossene Zimmertür.

Ich beschloß, sie am nächsten Tag wieder aufzusuchen. Ich mußte mit ihr eine endgültige Vereinbarung treffen. Das war etwas, was wir bisher nie getan hatten. Ich hatte ihr nie gezeigt, wie tief meine Gefühle für sie waren; vielleicht hatte ich mich davor gefürchtet.

Wir mußten eine angemessene Beziehung zueinander begründen. Schließlich war ich kein Kind mehr. Wir würden beide nicht mehr nach Branwells zurückkehren. Daher brauchte unsere Liebe auch nicht mehr geheim zu bleiben. Endlich sah ich auch die Vorteile des Älter- und Erwachsenwerdens.

In dieser Nacht fand ich keinen Schlaf. Ich versuchte zu lesen und konnte es nicht; ich kletterte am Regenrohr neben meinem Fenster hinunter, wanderte bis in die Außenbezirke der Stadt, kehrte zurück und fand noch immer keine Ruhe. Am Ende, müde und von mir selbst angeekelt, wählte ich den üblichen Weg ins Vergessen und wedelte mir einen ab. Dann schlief ich ein.

Am nächsten Morgen tauchte ihr reizendes Gesicht mit einem halb spöttischen Lächeln vor meinem geistigen Auge auf. Als Mutter meinem Vater quer über den Frühstückstisch hinweg alles berichtete, was Virginia beim Tee am vorhergehenden Tag gesagt hatte, beschloß ich, daß ich mit Virginia reden mußte – und zwar ernsthaft.

Ich wußte genau, was ich tun mußte, war mir jedoch nicht sicher, wie ich es anfangen sollte.

Virginias Arrangements waren etwas kompliziert. Sie hatte nie gewollt, daß ich ihr nach Traven House schrieb, weil dann einer der Hausangestellten von ihren persönlichen Angelegenheiten Kenntnis erhalten würde; ich schrieb immer an eine Adresse in Nottingham, wo sie, wie sie erzählte, einige

Zimmer gemietet habe. Diese Adresse war es, die aufzusuchen ich beschloß – sie war mit dem Zug erreichbar, wohingegen Traven House zu abgelegen war und außerdem auch zu furchteinflößend. Ich verabschiedete mich nach dem Mittagessen und behauptete, ich wolle zum Kricketspielen fahren.

Solche idiotischen Pläne locken die Katastrophe geradezu an. Es war tatsächlich mein erster Rückschlag während der Affäre mit Virginia, und indirekt hat er mir sicher geholfen, ihr distanzierter gegenüberzustehen.

Der Zug dampfte gegen halb drei in die Midland Station in Nottingham, und ich machte mich zu Fuß auf den Weg in die Union Street. Auf dem Papier klang der Straßenname richtig romantisch: Die Union, auf die hingewiesen wurde, war unsere, ihre und meine. Die Wirklichkeit lag ziemlich nahe beim Irrenhaus und war außerordentlich trüb, eine Reihe von Terrassenhäusern, unterbrochen von Läden in einer halbindustriellen Gegend. Meine Schritte verlangsamten sich enttäuscht.

Nachdem ich lange gezögert hatte, in der Hoffnung, daß ich sie vielleicht auf der Straße traf, ging ich zu der Hausnummer, die ich mir notiert hatte, und betätigte die Klingel. Nach einer Weile öffnete ein Mädchen in meinem Alter die Tür und schaute heraus. Sie trug Lockenwickler im Haar, eine rosa Schürze und rosafarbene Pantoffel, die in ihrer Aufgeplustertheit an Schneeflocken erinnerten. Mir wehte der Kohlgeruch des Hauses in die Nase.

Ich fragte höflich nach Schwester Traven und machte Anstalten einzutreten.

»Diese Schlampe ist nicht da, und dabei schuldet sie uns noch die Miete!« Und mit diesen Worten schlug mir die Frau die Tür vor der Nase zu.

Erschüttert, entsetzt und voller Zweifel trat ich zurück. Ich war mir bewußt, daß die Leute mich hinter den Vorhängen beobachteten.

Was sollte ich tun? Virginia eine Nachricht durch die Tür zukommen lassen? Ein zweites Mal klopfen? Warten, bis jemand anderer in das Haus hineinging? Am Ende tat ich überhaupt nichts. Ich ging zum Ende der Straße, stand dort mit den Händen in den Taschen, und schließlich ging ich weg.

Jeder muß solche bitteren Rückschläge in der Liebe hinnehmen. Dinge passieren, die nichts mit der Qualität der Menschen zu tun zu haben scheinen, die darein verwickelt sind – schlimme, verletzende Dinge, die aus dem System entstehen, in dem die Menschheit leben muß, und die an die rauhe Wirklichkeit erinnern, daß wir Menschen uns so gut wie irgend möglich zwischen den komplizierten Naturgesetzen einrichten müssen, die lange vor dem Menschen entstanden und daher auf ihn und irgendwelche zarten Gefühle keine Rücksicht nehmen.

Alles, was mir zu tun übrigblieb, war, zum Bahnhof zurückzukehren. Eine Ablenkung von meiner Niederlage war die Tatsache, daß ich Spaldine traf, der gerade mit dem Zug nach Spalding fuhr. Er war genauso niedergeschlagen wie ich, nachdem er nach Nottingham gefahren war, um sich freiwillig zur RAF zu melden. Wir tranken gemeinsam eine Tasse Kaffee und aßen ein Biskuit am Imbißstand im Bahnhof, ehe wir uns trennten und zu unseren Bahnsteigen gingen. Seltsamerweise fiel auch der Name Schwester Travens während unserer Unterhaltung, doch durch eine beiläufig gestellte Frage erfuhr ich, daß er offensichtlich nichts von ihrem derzeitigen Aufenthaltsort wußte.

So kehrte ich nach Hause zurück, mit leeren Händen und leerem Herzen. Eine gewisse Fähigkeit zum Dramatisieren persönlicher Belange dürfte die Situation etwas abgemildert haben. Nichts anderes half so gut.

Der September ging ins Land. Schließlich schrieb mein Vater dem Schuldirektor einen Brief und teilte ihm mit, daß er keinen Sinn darin sehe, mich nach Branwells zurückkehren zu lassen; ich würde am heimatlichen Kriegsdienst teilnehmen, bis ich alt genug sei, in die Streitkräfte einzutreten. Der Direktor schrieb zurück, er habe volles Verständnis für diesen Standpunkt, daß der Patriotismus an erster Stelle stehe und daß er um Überweisung der Trimestergebühren bäte, da die Abmeldung zu spät erfolgt sei.

Ich war wirklich allein. Das heißt nein, eigentlich nicht richtig allein; Ann und ich fuhren mit den Fahrrädern häufig aufs Land und hatten Lunchpakete bei uns. Einmal begleitete uns Esmeralda, aber Ann und Esmeralda konnten sich nicht besonders gut leiden – Esmeralda behandelte Ann ziemlich herablassend. Wir waren von unseren Eltern vollständig isoliert.

Die alte Vorstellung von einem Krieg zwischen den Generationen meldet sich immer in den Zeiten, wenn allgemeine Veränderungen die ältere Generation altmodisch statt weiser erscheinen lassen; trotzdem ist es eine dumme und unangenehme Sache, bei der am Ende beide Seiten die Verlierer sind. Im Jahr 1939 war diese Trennung besonders kraß.

Mein Vater meldete sich freiwillig zur Navy, in der er während des Großen Krieges – wie er ihn nannte – gedient hatte. Er wurde abgewiesen, weil er zu alt war. Seine Generation sah sich plötzlich mit der Tatsache konfrontiert, daß für sie »alles vorbei« war. Es war eine Generation, die außerdem den neuen Krieg mit der Begriffswelt des alten zu beschreiben suchte. Für Männer wie meinen Vater war der Krieg lediglich eine Wiederholung der Schrecken des bereits überstandenen Konfliktes.

Für »Onkel« Jim Anderson bot der Krieg noch einen anderen Aspekt. Ich habe seine gelegentlichen Besuche in unserem Haus bereits erwähnt. Nelson und ich hatten schon immer den Verdacht gehabt, daß zwischen ihm und meiner Mutter »irgendwas lief«. In diesen letzten Septembertagen veränderte sich jeder, und jede Beziehung durchlief einen Wechsel; und »Onkel« Jim, dieser undurchsichtige Mann, änderte sich mit den Zeiten.

Er tauchte eines Nachmittags auf, als Ann in der Schule und Vater in der Bank war und Mutter einen ihrer Spaziergänge unternahm. Zu meiner Verärgerung mußte ich mit ihm Konversation treiben. Er stolzierte in seiner schicken Ausgehuniform eines Infanterieregiments durchs Wohnzimmer; und meine Verärgerung rührte hauptsächlich daher, daß ich davon tatsächlich beeindruckt war.

Nach kurzer Zeit dämmerte es mir, daß er sich nicht nur unterhielt, um die Zeit totzuschlagen, bis Mutter zurückkam, sondern er versuchte wirklich, mit mir zu kommunizieren. Ich war zu sehr in meine eigenen Grübeleien versunken, um darauf zu reagieren; und ich kann ihm nur wenig Aufmerksamkeit geschenkt haben, denn sogar nur kurze Zeit später konnte ich mich nicht entsinnen, worüber er gesprochen hatte, außer daß es etwas Ernstes gewesen sein mußte und daß er am Ende, sich auf den Krieg beziehend, gesagt hatte: »Ich habe bisher mein Leben vergeudet – vielleicht schaffe ich es jetzt, etwas Sinnvolles daraus zu machen!«

Als er sich von meiner Mutter verabschiedete, wurde sie blaß und lief nach oben.

Auch im ruhigsten Leben war stets irgendeine Strömung wirksam.

Für uns, die wir noch jung waren, vibrierte die Luft vor Hoffnungen und Bedrohungen. Der schwarze Fleck auf der Landkarte, durch den Deutschland dargestellt wurde, symbolisierte eine aufregende Inkarnation des Teufels, von dem wir gegen unseren Willen angezogen wurden. Es war das Symbol einer speziellen Art von Freiheit.

Ich versuchte, freiwillig in die Armee zu kommen. Ich wurde abgewiesen. Die britische Regierung hatte die Achtzehn- bis Einundvierzigjährigen aufgerufen, und ihre Helfer waren vollauf damit beschäftigt, sie zu organisieren. In der Rückschau erkenne ich, daß es typisch war für die Stubbs', daß Vater und ich im Abstand von wenigen Tagen versuchten, freiwillig in den Krieg einzugreifen – anstatt gemeinsam anzutreten und uns auch gemeinsam die Abfuhr zu holen!

Dann kam eine Nachricht von Virginia!

Todunglücklich und völlig aus dem Gleichgewicht, war ich ungemein froh, überhaupt etwas von ihr zu hören. Ihr Brief war in einem kaum zu entziffernden Gekritzel auf violettem

Notizpapier geschrieben – »Oberschichthieroglyphen« nannte ich es bewundernd.

Sie schrieb, sie sei in den Sanitätsdienst eingetreten. Sie wohne in London, im Queensway-Viertel, zusammen mit einer alten Freundin, die sich zur Zeit einen Namen durch ein Bühnenstück im West End mache, in dem sie allabendlich auftrat; das Leben sei trotz des Krieges recht angenehm. Sie hoffe, ich würde sie irgendwann besuchen, ehe ich auf die Schule zurückging.

Alles an dieser Nachricht machte mich glücklich und traurig zugleich.

Die größte Qual war, daß der Ton der Nachricht nur oberflächlich zärtlich war – sicher, das war die Einstellung, die Virginia dem Leben gegenüber einnahm, erkannte ich, aber was ich mir wünschte, waren handfeste, herzzerreißende Liebeserklärungen!

Und dann diese Stelle mit dem »ich hoffe, du kommst mich mal besuchen«... Sie wußte, daß ich in meinem ganzen Leben erst drei- oder viermal in London gewesen war, nämlich als Mutter Nelson und mich dorthin mitnahm. Natürlich freute ich mich, daß Virginia mich überhaupt darum bat... aber dann war da noch dieser Seitenhieb, daß ich noch ein Schuljunge war, was ja nicht mehr zutraf.

Sie erwähnte auch nicht die drei Briefe, die ich ihr an die Adresse in der Union Street geschickt hatte. Hatte sie sie etwa nie erhalten? Hatte die junge Schlampe sie zuerst abgefangen, oder hatte Virginia sich gar nicht die Mühe gemacht, sie zu lesen? Oder sie vielleicht bewußt ignoriert?

Plötzlich erstarrte mein Blut zu Eis, und ich entschied, daß ich nach London fahren mußte, um sie zu besuchen. Ich würde mir einen Job in ihrer Nähe suchen. Dann könnte ich sie jeden Tag sehen. Ich wollte von zu Hause weggehen. Niemanden würde das stören.

Ich hatte es mir genau überlegt. Mein Entschluß stand fest, und ich setzte ihn in die Tat um. Obgleich ich mich selbst bereits als ängstlich und schüchtern bezeichnet habe, habe ich aber auch darauf hingewiesen, daß ich bei bestimmten Gelegenheiten durchaus beherzt handeln kann. Die beiden Eigenschaften sind nicht unbedingt völlig unverträglich.

Eine der Triebkräfte meiner Natur – wie ich damals erfolglos zu verstehen versuchte – war ein tiefverwurzelter Minderwertigkeitskomplex, der, wie eine intensive Lektüre der Werke in der psychoanalytischen Abteilung der Öffentlichen Bibliothek mich informierte, durch die offensichtliche Zurückweisung durch meine Eltern ausgelöst worden war. Wenn ich mich einmal entschloß, irgend etwas zu tun, dann konnte ich es nur mit der Verbissenheit eines schwachen Menschen durchziehen – oft um das erste gesteckte Ziel zu erreichen und keinen Wind mehr in den Segeln zu haben, um weiterzumachen und den Erfolg auch zu sichern, den ich mir erkämpft hatte. Bis ich dieses Stadium überwand, erlebte ich viele Enttäuschungen, die in ihrer Gesamtheit dazu führten, daß ich nicht allzuviel von meinem Management meines unbedeutenden Lebens hielt.

Ehe ich abreiste, verabschiedete ich mich noch von Esmeralda. Sie und ihre Mutter wohnten nun allein in dem großen Haus. Esmeraldas Vater war in einer prächtigen Ausgehuniform der Infanterie durch die Stadt paradiert und dann abgereist, um sich bei seinem Regiment zu melden. Esmeraldas Mutter mochte vielleicht allein sein, aber sie war nicht einsam; sie ließ durchblicken, daß Offiziere in ihrem Haus willkommen seien, soweit sie sich in kleinen Gruppen einfanden und genauso wieder weggingen. Ich hörte, wie Mutter zu Vater meinte, sie sei nicht besser, als man allgemeinhin annahm; sie waren nicht gerade begeistert, daß ich mich mit Esmeralda traf, aber mittlerweile war ich etwas unabhängiger, und sie wollten mir keine direkten Anweisungen geben, die dann möglicherweise ganz offen nicht befolgt wurden.

Als ich vor Esmeraldas Haus erschien, hörte ich ein Grammophon spielen. Es war Ende September. Mittlerweile ginge Brown im Schlafsaal wieder seinem samenträchtigen Hobby nach, und das britische Expeditionscorps war fast bereit, in

Frankreich einzurücken. Vielleicht gehörten auch einige der an diesem Abend anwesenden Offiziere dazu. Ihre Gegenwart half meinen Plänen, denn Esmeralda saß mit ziemlich mürrischem Gesicht in ihrem Zimmer auf dem Bett. Ihre Mutter wollte nicht, daß sie sich unten aufhielt – obgleich sie herausgeputzt war, um hinunterzugehen und den Männern den Kopf zu verdrehen, wenn man ihr auch nur die Andeutung einer Chance dazu gegeben hätte. Sie erzählte mir, es gefiele ihr, Offiziere zu küssen.

Erregt erklärte ich ihr, von mir aus könne sie alle Offiziere küssen, die ihr in die Quere kämen. Ich könnte es mir nicht mehr leisten, auf das, was sie tat, eifersüchtig zu sein: Ich führe nach London und würde so bald wie möglich in den Krieg ziehen.

Sie hatte immerhin soviel Takt, darüber angemessen traurig zu sein. Wir fingen an, uns zu küssen. Unten spielte das Grammophon »Doing the Lambeth Walk!« und »Where's That Tiger?«. Wir waren alle sehr anfällig für den Ablauf der Zeit.

War es die Musik oder die Gelegenheit? Plötzlich überkam mich ein wilder Impuls. Sie hatte mir ihre kleine warme Hand in den Hosenstall geschoben, aber ich wich zurück.

Ich fing an, Esmeralda alle sexuellen Eskapaden in der Schule zu beichten – natürlich kein Wort über Virginia, aber alles über die Erlebnisse mit den Jungen und daß Branwells im Grunde nichts anderes war als ein riesengroßes Freudenhaus. Sie saß da und starrte mich an. Als ich einmal damit angefangen hatte, konnte ich nicht mehr aufhören.

Bis auf den heutigen Tag weiß ich nicht, was letztendlich dieses Geständnis ausgelöst hat. Aber allein schon das Wort Geständnis läßt den Schluß zu, daß ich unter Schuldgefühlen wegen der Dinge litt, die in der Schule vorgefallen waren. Wenn ja, dann war das nichts Bewußtes. Nelson und ich konnten uns glücklich schätzen, daß Vater uns niemals Vorträge über die Gefahren der Masturbation gehalten hatte; er war dazu viel zu zurückhaltend. Wie ich schon sagte, hatte ich niemals Angst, blind zu werden oder Rückenschmerzen zu bekommen oder nicht mehr weiterzuwachsen wie einige andere Jungen in Branwells. Partington – bei dem es immer so lange dauerte, bis er zum Orgasmus kam – erzählte mir einmal, daß sein Vater ihm einen fast einstündigen Vortrag darüber gehalten und ihn dazu gebracht habe, seinen Schwanz herauszuholen. Er hatte ihn angewiesen, in der Bibel zu lesen, wenn er spürte, daß sich bei ihm irgendwelche Lustgefühle einstellten; und Partington hatte sich diesen Rat derart zu Herzen genommen, daß er einmal seinen strammen, der Sünde verfallenen Schwanz zwischen die herrlich kühlen Seiten der Heiligen Schrift gelegt und sich mit dem Buch so lange erregt hatte, bis er seine Ladung mitten in den Propheten Jesaja hineinschießen konnte. Er litt erheblich unter diesem gotteslästerlichen Akt. Wohingegen ich – der in jeder sexuellen Übung nichts anderes sah als den Gebrauch der Organe, die eigens für diesen Zweck geschaffen waren – niemals mental oder physisch aus irgendeinem Anlaß Schuldgefühle empfand.

Vielleicht hatte mein Geständnis auch einen ganz anderen Sinn. Vielleicht wollte ich mich damit auch nur für immer vom Schatten des Internatslebens befreien.

Und vielleicht hoffte ich außerdem, Esmeralda etwas schärfer als gewöhnlich zu machen, indem ich ihr schlüpfrige Geschichten erzählte.

Sie war eindeutig interessiert. Indem ich versuchte, ihr auch Geständnisse zu entlocken, fragte ich sie, ob sie ähnliche Dinge getan hatte oder bei sich hatte tun lassen...

»Nicht von anderen Mädchen! Mädchen tun so etwas nicht!«

»Doch, das tun sie. Sie werden Lesbierinnen genannt, nach einer berühmten griechischen Frau, die so etwas ebenfalls getan hat.«

»Griechinnen vielleicht. Aber keine englischen Mädchen!«

»Aber du machst es doch manchmal selbst, Esmeralda, oder etwa nicht?«

»Nun... darüber spricht man doch nicht, oder?«

»Wie oft?«

»Stell keine frechen Fragen! Wie oft machst du es denn?«

»Etwa einmal in der Woche.« Ich wagte es nicht, ihr die Wahrheit zu sagen.

»Dann laß mich mal sehen, wie du es machst.«

Wir diskutierten darüber. Ich war durchaus bereit, aber schüchtern und mußte dazu überredet werden. Am Ende holte ich meinen Penis heraus, der durch die Diskussion schon recht prall geworden war, und fing an, ihn zu reiben. Ich ging davon aus, daß sie es bis zum Ende für mich weitermachen würde. Darin, es so offen vor ihr zu tun, lag ein perverses und unerwartetes Vergnügen, und so wurde vielleicht sowohl in ihr als auch in mir eine Barriere niedergerissen. Daher machte ich es langsam und genußvoll, zog gleichzeitig meine Hose herunter, so daß sie mich und meine Eier und alles ganz nackt sehen konnte.

Esmeralda begann zu zittern. Ihre Augen glänzten, und ihre Lippen öffneten sich. Ihre Hand tastete sich unter ihren Rock, als geschähe es ohne ihr Wissen, und bei diesem Anblick kam ich zum Höhepunkt, war wie in Trance und spritzte meinen Samen auf ihren Teppich. Sie war verärgert und erregt zugleich. Ich selbst war immer noch erregt. Wir küßten uns heftig. Mit ihrer Hilfe zog ich ihr den Schlupfer herunter und ging dazu über, ihr nasses und weiches Organ zu befingern und zu manipulieren. Ohne voneinander abzulassen wurde daraus ein Bumsen, und sie stöhnte und keuchte wie im Fieber. Dies war das erste Mal, daß ich in sie eingedrungen war. Es bereitete mir das größte Vergnügen, so weit in sie vorzustoßen, wie ich vordringen konnte. Unten dröhnte das Grammophon, und sie warf sich unter mir keuchend nach hinten. Diese Bewegung ließ mich aus ihr herausrutschen – was nicht schlimm war, denn als ich wieder auftauchte, rot und triefend, erlebte ich meinen Orgasmus und pumpte meine Säfte gegen ihre runden Schenkel.

»Oh«, sagte sie, und wir lagen reglos da. »O mein Gott!«

Nach einiger Zeit griff sie nach meinem kleinen schlaffen Organ und küßte mich auf die Lippen. Sie schob ihre Zunge in meinen Mund und fing an, langsam wieder Leben in die Wurst in ihrer Hand zu massieren.

Dabei flüsterte sie mir hitzig ins Ohr: »Du hast mir gesagt, einer der Jungen hätte es dir dreimal hintereinander gemacht. Jetzt wird deine heiße Esmeralda es ebenfalls bei dir dreimal hintereinander machen, und ich lasse ein Nein als Antwort nicht gelten.«

Sie war, wie ich freudig zugeben kann, so gut, wie sie es angekündigt hatte.

Von zu Hause wegzugehen erwies sich als mühsamer, als ich erwartet hatte. Tatsache war, daß ich meine Mutter immer noch von ganzem Herzen liebte; ihre Unfähigkeit, etwas von dem zu verstehen, was ich dachte oder empfand, hatte mich dazu gebracht, meine Gefühle für sie mit einem Mantel der Gleichgültigkeit zu umhüllen. Aber als sie weinte, weil ich weggehen wollte, und sagte, sie wüßte nicht, was sie nun, da ihre beiden Jungen sie im Stich ließen, ohne mich tun sollte, war ich zutiefst erschüttert und davon überzeugt, daß ich sie unfair behandelte.

Zu Hause war es trist und leer geworden. Ann hatte nun selbst einen Freund, einen jüngeren Bruder meines alten Feindes Barrett. Sie klammerte sich an mich und weinte, ehe ich das Haus verließ. Es gab keine Hausangestellte mehr, die bei uns im Hause wohnte. Beatrice war verheiratet und kam nur noch vormittags von halb neun bis eins. Mein Vater schlug sich mit immer strengeren Vorschriften und immer weniger Personal in der Bank herum.

Mit gemischten Gefühlen ging ich an einem dieser letzten Abende zur Bank und drückte mich dort herum, in der Hoffnung, etwas zu Vater sagen zu können, das ihn in die Lage versetzte, endlich einmal in einer Weise mit mir zu reden, wie er es meines Wissens eigentlich immer gekonnt hatte.

Obwohl es auf der Straße immer noch taghell war, brannte

in der Bank eine Lampe; oberhalb der Milchglasfläche auf den Fensterscheiben konnte ich gelegentlich Vaters Kopf und den des Chefkassierers sehen. Ich erinnerte mich an Zeiten, in denen ich als kleiner Junge an dieser Stelle gestanden und darauf gewartet hatte, daß er herauskam, sich überzeugte, daß die Tür verriegelt war, meine Hand in die seine nahm und mit mir nach Hause ging. Das konnte ich jetzt nicht mehr erwarten. Nun war ich erwachsen, und es war ihm vermutlich lieber, wenn ich mich benahm wie ein Mann.

Der Chefbuchhalter kam aus der Seitentür. Ich versteckte mich hinter der Hausecke, damit ich nicht mit ihm reden mußte. Dann ging ich wieder zurück zur Seitentür und stand dort lächelnd, als mein Vater erschien.

»Hallo, Papa!«

»Hallo, Horatio! Was tust du denn hier? Wartest du auf mich?«

Es kostete mich einige Mühe zu sagen: »Ja, Papa, das tue ich. Ich dachte, wir könnten vielleicht – nun, du weißt ja, daß ich am Freitag weggehe –, ich dachte, wir könnten sozusagen zum Abschied einen trinken gehen!«

»Einen trinken?« Er sah mich stirnrunzelnd an und war in keiner Weise unfreundlich. »Also, du solltest lieber mit mir nach Hause gehen. Warum möchtest du etwas trinken? In deinem Alter! Ich möchte nicht, daß du dich in Kneipen herumtreibst, und ich hoffe, das wirst du auch in London nicht tun.«

»Nein, bestimmt nicht, Papa.«

»Schön, meine Söhne haben in Kneipen nichts zu suchen. Ich weiß wohl, daß Nelson ein- oder zweimal in einer gewesen ist, doch das wird er sich hoffentlich schnell wieder abgewöhnen. Du weißt ja, daß deine Mutter sich schon genug Sorgen macht, wenn du in London bist – ich weiß nicht, wie sie reagieren würde, wenn sie wüßte, daß du auch Gastwirtschaften besuchst. Das wäre der endgültige Abstieg, mein Junge, daran dürfte wohl kein Zweifel bestehen, oder?«

»Ja, Papa.«

»Bist ein guter Kerl! Mal sehen, ob sie zum Tee für mich etwas vorbereitet hat.«

Ich dachte damals, wie verdammt nett er doch war und wie ungehobelt und verdorben ich ihm erschienen sein mußte, als ich versuchte, ihn zu einem Drink zu überreden; soweit ich wußte, hatte er noch nie das Innere eines Pub gesehen. Und als Bankdirektor mußte er schließlich auf seinen Ruf achten. Was Vater noch freundlicher und gütiger erscheinen ließ, war, daß er nur am Rand auf einen Streit des vorhergehenden Monats einging, als Nelson mich tatsächlich in eine Art Landgasthaus am Stadtrand mitgenommen hatte; wir hatten jeder eine Halbe Bier getrunken und eine Zigarette geraucht – und waren dann, als wir schuldbewußt wieder herauskamen, von einem der wohlhabenderen Kunden der Bank beobachtet und sofort unserem Vater gemeldet worden. Vater war deshalb ausgesprochen verärgert gewesen – der Kunde war Mr. Tansley-Smith –, und Nelson und ich hatten uns einen Vortrag über die Gefahren des Trinkens und über die Art von Gesellschaft anhören müssen, die man in solchen verrufenen Etablissements wie dem »Three Feathers« antraf.

Damit war alles erledigt. Als es für mich Zeit war, zum Bahnhof zu gehen, um meinen Zug nach London zu bekommen, erwähnte Vater die Three-Feathers-Episode oder auch meine seltsame Einladung zu einem Drink nicht mehr, und wir trennten uns mit einem kräftigen, liebevollen Händedruck; aber ich konnte wohl spüren, daß er von meinem Aufenthalt in London nichts Gutes erwartete und daß er für meine Zukunft keine großen Hoffnungen hegte.

Mutter schien in diesem Augenblick etwas mutiger und resoluter zu sein.

»Es ist eine Schande, daß du mich schon so früh verläßt, Liebling! Du bist noch so jung!«

»Aber ich war doch jahrelang von zuhause fort und auf der Schule, oder etwa nicht?«

»Das ist etwas anderes! Trotzdem nehme ich an, daß du selbst auf dich achten kannst – wenn du eine anständige Zimmerwirtin findest. Nun ja, wahrscheinlich macht es ihr Spaß, einen Jungen in deinem Alter zu bemuttern! Sie wird dich verwöhnen. Und vielleicht lädt sie deine alte Mutter sogar mal ein, sie zu besuchen. Und dann wirst du jede Woche schreiben, nicht wahr? Schöne lange Briefe, oder?«

Das alles kam mir vor wie ein einziger Antiklimax. Es hatte mal eine Zeit gegeben, da hatte ich mir vorgestellt, daß Nelson, Ann und ich eine Art eigene blutige Revolution veranstalteten und alle zusammen aus dem Haus auszogen. Doch nun schlichen wir uns einer nach dem anderen davon, verließen den Schutz des elterlichen Daches eher mit einem Gefühl der Unsicherheit als mit Wut, so als würden wir lieber dort bleiben, als uns in die Welt hineinzuwagen.

London war auch nicht so, wie ich es mir vorgestellt hatte; meine Ankunft kann man kaum als triumphal bezeichnen. Aber ich fand schnell eine Bleibe in einem schmalen kleinen Haus am nördlichsten Ende von Queensway, wo ich ein kleines Zimmer unter dem Dach mietete. Die Bewohner waren ein Mr. und eine Mrs. Stevenson – Wilf und Lou, wie ich sie bald nannte. Wilf bekam ich nur selten zu Gesicht; er arbeitete nachts beim Wartungsdienst der U-Bahn, aber seine Frau war sehr nett zu mir und versorgte mich gut, obgleich sie in mancher Hinsicht eine bösartige Frau war. Das machte mir aber nichts aus. Ich hatte andere Interessen.

Zuerst einmal war es an sich schon aufregend, überhaupt in London zu sein. Diese große Stadt befand sich damals gerade an einem historischen Wendepunkt. Wenn ich jetzt zurückblicke auf den Herbst und den Winter des Jahres 1939, sehe ich eine altertümliche Stadt, die von viktorianisch anmutenden Männern regiert wurde und in der in den nicht so eleganten Gegenden Menschen wohnten, die in vielem noch dem Viktorianischen Zeitalter verhaftet waren und sich inmitten der Überreste dieser Ära häuslich eingerichtet hatten. Es war eine Stadt, in der, trotz des Ersten Weltkriegs, der Friede sozusagen zum Stadtbild gehörte und die sich nur mühsam aufraffen konnte, um sich den Vorboten des drohenden neuen Krieges zu stellen.

Aber genau diese Kriegsanstrengungen hatten alle Menschen aufgescheucht. Man wußte, daß irgend etwas in London im Gange war, ähnlich einem psychischen Erdbeben. Aus den dicht besiedelten Dörfern, die in ihrer Gesamtheit die Hauptstadt bildeten, verschwanden Leute; und genauso unauffällig zogen andere Leute dort ein wie Ruderboote, die unbemerkt unter der Tower Bridge hindurchfahren und Dynamit transportieren. Die Anzeichen des Krieges waren offensichtlich. Sperrballons hingen hier und da am Himmel. Fenster waren mit Klebeband gesichert. Sandsackwälle waren stellenweise zu sehen. Die Stadt ging in den Untergrund, verbarg sich. Erst nach Einbruch der Dunkelheit wurden diese subversiven Merkmale am deutlichsten. Während der Verdunkelung summte und raschelte London wie eine übergroße Version der Schlafsäle in Branwells. Ich war zu jung, um das schon zu erkennen, denn ich mußte mich erst in London zurechtfinden; doch ganz gewiß nahm ich die zunehmende Spannung mit meinen hochempfindlichen Antennen wahr.

Ich hatte keine Schwierigkeiten, in einem der Regierungsämter, die jetzt überall entstanden, Arbeit zu finden. Ich entschied mich nicht nur deshalb dafür, weil es in nächster Nähe der Stevensons lag, sondern weil die Abteilung in einem riesigen Gebäude untergebracht war und ein Schild mit dem Hinweis FREIE STELLEN ZU BESETZEN an der Tür hängen hatte, ferner weil die schäbige Eingangshalle ein geheimnisvolles Flair besaß.

Meine Aufgaben waren gleichermaßen einfach wie nebulös und bestanden im wesentlichen darin, endlose Kästen Karteikarten in zwei Stapel zu sortieren: auf der einen Seite die mit den männlichen, auf der anderen Seite die mit den weiblichen Namen. Danach mußte ich die weiblichen Namen alphabetisch ordnen. Wahrscheinlich ist so die Hälfte aller englischen Frauen durch meine Hände gegangen.

Eines Morgens, als ich gerade im Begriff war, mich von Lou zu verabschieden und zur Arbeit zu gehen, kam für mich ein Brief an, der Virginias »Oberschichthieroglyphen« auf dem Umschlag trug. Ich öffnete ihn und las ihn – ein einziger Blick reichte dazu –, während ich inmitten anderer Fußgänger durch die rußige Bishop's Bridge Road ging.

An Virginia hatte ich eigentlich die ganze Zeit mehr oder weniger regelmäßig gedacht. An meinem ersten Tag in London, sobald ich ein Zimmer gefunden und meine wenigen Besitztümer aus meinem Pappmachékoffer geholt hatte, setzte ich mich aufs Bett und schrieb ihr, wobei ich ihr meine Adresse mitteilte und überaus dramatisch meine Ankunft in London meldete. Ich konnte der Versuchung nicht widerstehen, ihr gleichzeitig anzudeuten, daß ich eigentlich nur gekommen wäre, um sie zu suchen; obgleich ich verkündete, daß ich sie liebte, war ich vernünftig genug, ihr gleichzeitig klarzumachen, daß ich ihr ganz gewiß nicht lästig fallen würde; ich hätte nur den Wunsch, sie so bald wie möglich wiederzusehen.

Elf Tage dauerte es, bis ihre Antwort eintraf und auf der Bishop's Bridge Road gelesen wurde. Mit gelinder Verzweiflung hatte ich mich bereits damit abgefunden, daß sie mir wohl nie mehr antworten würde: Sie hatte meiner Meinung nach genau das getan, was ich befürchtet hatte, nämlich im unendlichen Treibsandmeer der Welt ihren Platz gefunden.

Virginias Ton in ihrem Brief lag irgendwo zwischen reserviert und kalt. Sie lud mich lediglich ein, sie am nächsten Abend gegen acht Uhr zehn zu besuchen. Ihr Brief lieferte wenigstens eine gewisse Erklärung für ihre verspätete Antwort; ihre Adresse befand sich mittlerweile in der Lansdowne Lane.

Mit siebzehn ist jede Liebe ein stürmisches Auf und Ab. Während ich meine Karteikarten sortierte, nahm ich mir vor, ihr, ehe sie etwas sagen konnte, tapfer zu erklären: »Ich weiß, daß sich deine Gefühle für mich geändert haben; ich bin zu stolz, um dich noch weiter zu belästigen«; und damit würde ich mich umwenden und mich für immer in den dunklen Straßen der Hauptstadt verlieren. Oder zu einem anderen Zeitpunkt dachte ich... nun, eigentlich ist es nach all den Jahren unwichtig, was ich dachte. Den ganzen Tag ging ich meiner Arbeit am Sortiertisch nach und fragte mich, wie ein Brief wie meiner von einem Brief wie dem ihren beantwortet werden konnte; denn ich mußte noch das einfache Prinzip begreifen lernen, dem sich die Erwachsenen letztendlich alle beugen müssen, daß die Menschen sich entsprechend ihren eigenen, persönlichen Wünschen verhalten und entwickeln, die sie nicht unbedingt für irgend jemand Fremden ändern können. Nur die Unreifen können praktisch alles über Bord werfen und ganz von vorn beginnen.

Ich mußte einige Leute in meiner Dienststelle fragen, bis ich genau wußte, wie ich zu ihrer Adresse gelangte. »Sie liegt irgendwo in der Nähe der Holland Park Avenue«, erfuhr ich.

Damals herrschte eine hungrige Zeit; ich hatte ständig zu wenig Geld. Am nächsten Abend verließ ich meine Arbeitsstelle, ging nach Hause in mein Zimmer, um mich zu waschen und umzuziehen, meine Haare sorgfältig zu frisieren und so weiter, und dann ging ich wieder auf die Straße, vorbei an meiner Dienststelle und zu einer kleinen Bäckerei, wo ich eine billige, aber gute Pastete erstand. Ich schränkte mich ein, und deshalb war diese Mahlzeit zugleich mein Nachmittagstee wie auch mein Abendbrot; an einem schlechten Tag, und die waren bei mir ziemlich zahlreich, zwang mich der Gedanke an den Geschäftsschluß manchmal, mein Zimmer ziemlich hastig zu verlassen, um mir noch eine Kleinigkeit zu essen zu besorgen.

Den Bauch voller Pastete, machte ich mich auf den Weg nach Nottinghill und zu Virginia. Nun dachte ich über Virginias genaue Zeitangabe nach, die sie in ihrem Brief genannt hatte. Ich sollte um acht Uhr zehn zu ihr kommen. Was genau hatte es zu bedeuten, daß acht Uhr offensichtlich zu früh und acht Uhr fünfzehn schon zu spät war?

Meine Moral – ein Wort, das wir damals immer häufiger zu hören bekamen – war noch tiefer gesunken, als ich Virginias Adresse erreichte; daß ich mehrmals falsch abgebogen und grundsätzlich zu schüchtern war, um Fremde anzusprechen und nach dem Weg zu fragen, hatte mich davon überzeugt, daß ich dazu bestimmt war, in meinem Leben immer die falschen Abbiegungen zu nehmen. Nun, da war ich also, dreiundvierzig Minuten zu früh, wenn meine Uhr stimmte – und selbst darauf konnte ich mich nicht verlassen. Es regnete. Ich trug meinen Regenmantel, weil dies das einzige Kleidungsstück für draußen war, das ich besaß.

Das Haus, in dem Virginia wohnte, war eines in einer langen Reihe von Häusern, wie sie in diesem Teil Londons vorherrschten: drei Stockwerke hoch plus Tiefparterre mit ausladender Treppe, die unter einem feudalen Vordach zur Haustür hinaufführte. Früher einmal waren dies die Residenzen wohlhabender Familien der Mittelschicht gewesen; zu Beginn des Krieges waren sie bereits unterteilt worden, und geheimnisvolle Leute kamen und gingen durch ihre Privateingänge. Mittlerweile wurden sie noch mehr aufgeteilt, und das Dach, das einst meiner zarten Virginia Schutz gewährt hatte, hält nun den Regen von einer umfangreichen Familie solider und ernster Farbiger ab.

Ich stand unter dem Vordach, von dem ich vielleicht Virginias Vordach beobachten konnte, und verfluchte mich für meine Hoffnungen und Ängste.

Um acht Uhr drängte ich meine Gedanken in ihre Löcher zurück und überquerte die Straße und betätigte Virginias Klingel.

Ein Mann, lächelnd und höflich und im wehrpflichtigen Alter, machte mir auf, nickte und grinste noch breiter, als ich ihm mitteilte, zu wem ich wollte. Er sprach kein Wort, was sein Lächeln schließlich in einen Ausdruck der Feindseligkeit verwandelte. Er bedeutete mir mit einem Handzeichen, in den Flur zu treten, schob die Hände abrupt in seine Taschen und führte mich nach oben, wo er mich vor einer Tür im ersten Stock stehen ließ. Ich klopfte und trat ein und haßte jede Sekunde.

Virginia saß auf dem Sofa, rauchte und trug ihre übliche Kleidung. Sie blickte wie gewohnt leicht spöttisch drein. In einem Sessel saß eine andere junge Frau ungefähr im gleichen Alter, ebenfalls rauchend. Das Zimmer war trist und schäbig und wurde von einer Verdunkelung aus schwarzer Pappe beherrscht. Der kleine elektrische Ofen war eingeschaltet; über dem Kaminsims hing der Farbdruck eines Mannes, der auf einem Pferd in einer Haltung saß, die als »ein bißchen schlapp« bezeichnet werden konnte. Das einzige, was mir gefiel, war der Anblick einer von Virginias Landschaftsstudien an einer Seitenwand.

»Hallo, Horatio! Wie schön, dich in dieser schlimmen Stadt zu sehen. Hier sieht es etwas anders aus als in der Wildnis von Derbyshire. Dies dort ist meine Freundin Josie. Sie wohnt hier.«

Ich begrüßte Josie und setzte mich dann zu Virginia. Ich stand wieder auf und zog meinen Regenmantel aus, ohne dazu aufgefordert worden zu sein. Dann setzte ich mich wieder; Virginia lächelte knapp und wandte dann schnell den Blick von mir ab. Ihr Gesicht war schmal und von feinen Fältchen durchzogen; zum erstenmal erkannte ich, daß sie wirklich ziemlich alt war, älter als sie selbst zu sein behauptete. Sie bot mir aus einer offenen Schachtel auf der Sofalehne eine Zigarette an.

»Wie ist denn das Leben im Sanitätsdienst?« fragte ich schüchtern.

»Ich bin noch nicht eingetreten. Eine Freundin bemüht sich gerade um eine angemessene Stelle für mich.« Vielleicht drückte sie es auch anders aus.

»Ich dachte, du wärst längst dabei.«

»Ich hoffe, daß ich nächste Woche dort anfangen kann.«

Die Unterhaltung versiegte. Ich wartete darauf, daß Josie endlich aufbrach. Sie zündete sich eine weitere Zigarette an und inspizierte sie zwischen den Zügen.

»Sieh mal, Virginia, ich würde gern unter vier Augen mit dir reden, wenn das möglich ist.«

Es stellte sich heraus, daß dies Josies Wohnung war. Virginia war zur Zeit noch auf der Suche nach einer eigenen Wohnung. Ihre letzte hatte sie aufgegeben, weil ihre Vermieterin so schrecklich gewesen war. Verzweifelt fragte ich sie, ob sie nicht mitkommen wolle zu mir; es wäre nicht weit, wir könnten zu Fuß hingehen. Sie sagte, sie wolle nicht ausgehen; sie erwarte jemanden, der sie gleich besuchen wolle. Ich bedrängte sie heftiger. Sie und Josie wechselten einen Blick, sie nickte und ging mit mir ins angrenzende Schlafzimmer.

Das Zimmer war nur schwach erleuchtet, aber ich konnte erkennen, daß es klein und ausgesprochen unaufgeräumt war. Überall hingen Kleider. Ich umarmte sie und sagte ihr, daß ich sie liebe, daß ich sie brauche, daß ich nach London gekommen sei, um ihr nahe zu sein. Sie legte ihre Arme um meinen Hals und schaute zu mir auf, mit einem leisen Lächeln auf den Lippen, als nähme sie noch immer nichts richtig ernst. Sie begann von Josie zu erzählen, die in einen Hauptmann bei der Artillerie verliebt sei, aber ich schnitt ihr das Wort ab. Ich fragte sie, ob sie in Schwierigkeiten sei.

»Es gibt einige Probleme, Horatio, Liebling, aber ich würde dir raten, dich da herauszuhalten. Das sind Erwachsenen-Probleme und nichts für Jungen.«

»Danke, Virginia, aber ich bin erwachsen, sonst wäre ich wohl nicht hier.«

Sie runzelte die Stirn, als hätte ich etwas völlig Unverständliches gesagt, und fuhr fort: »Das Problem ist mein Vetter, ein sehr schlimmer Vetter – ich weiß nicht, ob ich dir schon von ihm erzählt habe. Du weißt ja, daß meine Mutter jahrelang krank war. Sie ist kürzlich gestorben, und es gibt einige Schwierigkeiten mit ihrem Testament – es geht um eine Menge Geld. Mein Vetter beansprucht es für sich. Ich muß höllisch aufpassen.«

»War das dein Vetter, der mich heraufgebracht hat? Dieser widerliche Kerl?«

»Das ist ein Vetter von Josie, und er ist schrecklich nett.«

Sie fing an, mir von ihm zu erzählen und von dem, was er so

trieb und was die anderen Leute, die in dem Haus wohnten, den ganzen Tag taten. Ich unterließ es, sie zu unterbrechen, und gewann dadurch gemeinsame Zeit mit ihr und fand auch Gelegenheit, mir über den Eindruck klar zu werden, den ich hatte. Ich fand, daß sie zum einen genauso war, wie sie immer gewesen war, sich aber gleichzeitig völlig verändert hatte – eine widersprüchliche Beurteilung, die meiner geheimnisvollen intuitiven Quelle entsprang. Zu ruhelos, um genau zuzuhören, was sie sagte, ging ich in dem vollgestopften Zimmer umher und zog an meiner Zigarette. Mehrere Aschenbecher standen in dem Zimmer, die meisten davon voller Asche und Zigarettenstummel. Neben einem der Einzelbetten lag ein aufgeschlagenes Buch mit den Seiten nach unten; das war eine typische Gewohnheit von Virginia. Es war ein Roman von Ethel Mannin, *Hinter verschlossenen Fenstern;* zufälligerweise hatte ich das Buch kurz vorher selbst gelesen und fand es ziemlich gewagt. Ich starrte es an, als könnte es mir einen Hinweis auf Virginias Stimmung liefern, und durch meinen Kopf zogen Bilder von abenteuerlichen Ereignissen und Menschen, die exotische Kriegsaufträge bekamen, von geheimnisvollen und attraktiven Flüchtlingen aus Ungarn, von Ehemännern und Ehefrauen, die plötzlich Uniformen trugen. Und dazwischen hörte ich Virginia, die ab und zu eine Bemerkung über sich selbst fallen ließ.

Es war eine Zusammenkunft, die mich rasend machte. Ich konnte nicht im einzelnen ergründen, was geschah, um was es überhaupt ging. Sie schien nicht fähig zu sein, zufriedenstellende Erklärungen zu liefern oder sich zu irgend etwas zu entschließen. Mir kam es sogar so vor, als würde sie mich wegen ihres geplanten Eintretens in den Sanitätsdienst belügen. Ich bat sie, sich mit mir am Britischen Museum zu treffen, so daß wir einige Zeit zusammen verbringen und irgendwohin gehen konnten, um uns zu unterhalten. Am Ende gab sie mir einen Kuß und versprach, sie werde mir eine Nachricht schicken. Ich mußte sie dazu drängen, meine Adresse aufzuschreiben und sich nicht nur auf ihr Gedächtnis zu verlassen; dazu mußten wir ins andere Zimmer zurückkehren, um von Josie einen kleinen Drehbleistift zu leihen. Josie saß immer noch rauchend im Sessel.

Virginia begleitete mich hinaus ins Treppenhaus, lächelte immer noch nervös und schaute auf die Uhr. Wir küßten uns zum Abschied, und ich ging die dunklen Stufen hinunter und befand mich in einem furchtbaren Gefühlswirrwarr.

Ich trat auf die Straße. Mittlerweile war es richtig dunkel geworden, und es hatte zu regnen begonnen; mein Zeit- und mein Ortssinn waren etwas durcheinandergeraten. Einen Moment lang stand ich da, und dann ging ich langsam los. Mein Elend war so groß, daß ich, als ich jemanden dicht hinter mir hergehen hörte, mir nicht die Mühe machte, mich umzudrehen und nach hinten zu schauen. Ich bog um eine Ecke, und dabei packte jemand meine Schulter. Indem ich mich drehte, bekam ich einen furchtbaren Hieb vor die Brust.

Der Schlag traf mich völlig überraschend, und ich stürzte zu Boden. Mein Angreifer begann mich zu treten. Ich packte seine Beine, zog ihn zu mir herab und streckte eine Hand nach seiner Kehle aus. Dem Gefühl nach zu urteilen, war er etwa so groß wie ich. Er schlug mich ins Gesicht, und wir rollten in die Gosse. Angst und Wut trieben mich an. Er trug einen schlüpfrigen Regenmantel, zugeknöpft bis zum Hals, so daß ich ihn nicht richtig festhalten konnte. Ich hämmerte seinen Kopf auf die Straße. Er wollte sich losreißen, aber ich hielt ihn fest.

Ein Automobil rollte vorbei. Im abgeschirmten Licht seiner Scheinwerfer erkannte ich den Mann, mit dem ich kämpfte.

»Spaldine!« rief ich aus. Ich ließ ihn los, und er rannte los. Aber ich lief hinter ihm her und rief erneut seinen Namen. Er blieb stehen, und wir standen uns mitten auf der Fahrbahn gegenüber, die Fäuste geballt, und starrten uns an.

»O mein Gott! Stubbs!« keuchte er.

Wir gingen in einen kleinen Pub, säuberten uns auf der Herrentoilette und saßen dann an einem Tisch und unterhielten uns bei einer Halben Bitter und Zigaretten.

Spaldine platzte fast vor Eifersucht und Wut. Kaum hatte er mit seiner Leidensgeschichte angefangen, konnte er nicht mehr aufhören. Und das Objekt seiner Liebe und seines Hasses war Schwester Traven, wie er sie während seines gesamten Berichtes nannte.

Er hatte zuerst mit der Schwester in Branwells geschlafen, und zwar etwa drei Wochen vor mir. Er war darin weitaus schneller vorgegangen als ich. Er war manchmal in den frühen Morgenstunden zu ihrem Zimmer hinaufgestiegen und bis zum Morgengrauen geblieben. Er war verrückt nach ihr.

Keinerlei genau definierbare Gefühle regten sich bei mir, abgesehen vielleicht von einer gewissen Verblüffung über meinen eigenen Schmerz. Obgleich ich Zwischenfragen äußerte und sie mit erstarrten Lippen hervorbrachte, waren es harmlose Bemerkungen, die ihm offensichtlich in keiner Weise andeuteten, welche Wirkung seine Erzählungen auf mich hatten.

»Was war denn mit Pepper? Er war doch Präfekt in deinem Schlafsaal. Hat er nie gemerkt, daß du nicht da warst?«

»Ich ging immer in meinem Schlafanzug und meinem Morgenmantel in Schwester Travens Zimmer. Wenn mir dabei jemand begegnet wäre, hätte ich immer sagen können, mir sei schlecht, klar? Pepper hat sowieso immer lange geschlafen! Vom Zimmer der Schwester aus konnte man hören, wie der alte Scrimbleshanks über den Hof schlurfte, um die Glocke zu läuten. Das war für mich das Signal, sie zu verlassen. Eigentlich wollte sie niemals, daß ich ging.«

»Hat dich denn im Schlafsaal niemals jemand erwischt?«

»Irgendwelche Entschuldigungen fallen einem doch immer ein, nicht wahr, Stubbs? Man war auf der Toilette oder hat sonst irgendwas getan.«

Daß er so etwas sagen konnte, wo er doch bei Virginia gewesen war!

Als seine Wut allmählich verrauchte, erzählte Spaldine mir auch einige Geschichten aus ihrem früheren Leben, die ich schon gehört hatte. Aber es gab da seltsame Unterschiede zwischen seinen Darstellungen und denen, die mir zuvor erzählt worden waren. Die einzige Anekdote, an die ich mich noch erinnere, war die, daß sie Spaldine – im späteren Verlauf ihrer Beziehung – erzählte, wie sie und ihre Schwester, als sie mit ihrer Familie noch in Tanganjika lebten, einmal von Hornissen verfolgt wurden und wie sie in voller Montur in einen See hatten springen müssen, um den wütenden Insekten zu entgehen. Es war ein verzerrtes Echo aus meinem eigenen Leben, das nun auf beunruhigende Art und Weise wieder an meine Ohren drang.

Spaldine hatte schon sehr bald den Verdacht geschöpft, daß Schwester Traven auch noch andere Liebhaber hatte. Einmal dachte er sogar an mich, aber sein kurzes Gespräch mit mir im Krankensaal hatte diesen Verdacht schnell zerstreut; offen gesagt, so meinte er, hatte er mich einfach für zu feige gehalten, um so etwas bei ihr zu versuchen. Daher hatte er in anderer Richtung gesucht.

»Soll das heißen, du hast sie tatsächlich beobachtet, sie ausspioniert?«

»Ich wollte nicht zulassen, daß jemand anderer sich an sie heranmachte, wenn ich es verhindern konnte.«

»Tatsächlich?« Haß, der für mehrere Lebensspannen gereicht hätte, wogte zwischen uns hin und her, nur gemildert durch meine Sorge um die arme, unschuldige Virginia, die irgendwie überlistet und gezwungen worden war, diesen Tölpel ebenfalls in ihr Bett zu lassen. Während ich die groben und abscheulichen Gesichtszüge dieses miesen Kerls betrachtete, erinnerte ich mich, daß er der Bursche gewesen war, der sich immer einen herunterholte und dabei mit einem Finger gegen die Wurzel seines ekelhaften Penis drückte, um seinen schmutzigen Samen zu sparen; ob er ihr wohl davon erzählt hatte?

Obwohl ich jedes weitere Wort verabscheute, mußte ich nichtsdestoweniger mehr hören, als ob das bisher genossene Gift noch nicht giftig genug gewesen wäre. Ich unterbrach ihn kurz und holte zwei weitere Halbe von der Theke, wobei ich mir ausrechnete, daß ich am nächsten Tag wohl auf meine Pastete aus der Bäckerei würde verzichten müssen.

Als ich das Getränk vor ihm auf den Tisch stellte, griff er nach dem Glas und trank ohne ein Wort des Dankes, wobei er die Stirn angestrengt runzelte und immer noch seine widerwärtige Geschichte erzählte.

»Was meinst du denn, wer ihn ihr noch reingesteckt hat? Ich verrat's dir! Engelsgesicht Knowles!«

»Knowles! Nein! Der war doch noch ein Kind!«

»Er lag auch auf ihr drauf, ich sag's dir, dieser schmierige kleine Bastard.«

Knowles konnte nicht älter als fünfzehn gewesen sein. Seine Eltern waren außerordentlich reich. Knowles hatte es geschafft, im Dorf einen Wagen zu mieten; er traf sich mit Schwester Traven an einem verabredeten Ort, und sie fuhren irgendwohin – Spaldine hatte nie herausbekommen können, wohin genau, aber er sah sie in Richtung Derby davonfahren. Er hatte sich Knowles deswegen später vorgeknöpft.

Offensichtlich war Knowles ganz gierig gewesen, mit seiner Eskapade zu prahlen. Er sagte, sie hätten sich ein Hotelzimmer genommen, und er sei als Sohn der Schwester eingetragen worden! Ich hatte keine Ahnung, ob das wirklich so geschehen war oder ob Knowles oder Spaldine sich etwas zurechtphantasiert hatten. Spaldine hatte sich soeben selbst als ziemlich unausgeglichene Persönlichkeit entpuppt.

Er hatte damit gedroht, Knowles dem Direktor zu melden; Knowles, ein recht kühler Bursche, hatte ihn gewarnt, das ja nicht zu riskieren. Spaldine hatte ihn daraufhin geschlagen, und Knowles hatte versprochen, wenn ihn noch ein Schlag träfe, dann würde er seinerseits zum Direktor gehen und seine Meldung über Spaldine machen. Unentschieden.

Knowles wohnte in Cheshire, daher hatte Spaldine wenigstens während der Ferien freie Bahn, stellte er sich vor. Er konnte an nichts anderes denken als an Schwester Traven –

seine Familie hielt ihn schon für verrückt. Er hatte beschlossen, nach Traven House zu fahren, um sie zu sehen.

Eine weitere Offenbarung kündigte sich an. Ich erkannte es an seinen Augen. In meinem Magen lag ein eisiger Kloß aus Bier und Wut. Ich mußte die Toilette aufsuchen, um zu pinkeln. Während ich vor dem Pissoir stand, sagte ich halblaut zu mir selbst: »Was erzählt er als nächstes? Was kommt jetzt noch?«

Als ich zum Tisch zurückkam, hatte Spaldine sich schnell eine frische Zigarette angezündet, wodurch er sich der Notwendigkeit entzog, mir eine anbieten zu müssen. Er blies den Rauch über den Tisch und sagte: »Du warst nie in Traven House, nicht wahr?«

»Ich wollte hin, aber wir änderten unsere Pläne.«

»Einfach so, nicht wahr? Gib's auf, Stubbs. Ich weiß, wer die Pläne geändert hat! Sie war es – sie mußte es nämlich! Sie wohnt genausowenig in Traven House wie ich und du.«

»Du lügst, Spaldine!«

»Dann hör gut zu. Ich tauchte gegen zwölf Uhr dort auf. Es war ein großes, prächtiges Haus, wenn auch schon ein bißchen verkommen! Ein alter Mann öffnete die Tür, irgend so 'ne Art Butler, glaube ich. Ich fragte nach der Schwester, und der alte Knabe meinte mit perfektem Pokergesicht, daß niemand dieses Namens im Haus sei. Natürlich, meinte ich, ich wüßte Bescheid. Er solle mir keine Geschichten erzählen. Ich wurde wohl ein wenig grob. Der alte Sack fing an herumzubrüllen. Schließlich tauchte ein Bursche auf, der sich als Rittmeister Traven vorstellte. Er mußte sechzig oder siebzig gewesen sein, vermute ich. Jedenfalls schickte er den alten Diener weg und versuchte, etwas Klarheit in die Angelegenheit zu bringen. Ich erklärte ihm, warum ich gekommen sei, und er lud mich zu einem Bier ein. Er war sehr höflich – er war in der Armee gewesen, wie er mir erzählte. Er humpelte leicht. Es war schon ein seltsames Haus mit einer Menge sportlicher Urkunden an den Wänden. Wie ich schon sagte, er besorgte mir ein Bier. Das brauchte ich auch. Und dann unterhielten wir uns. Sie hatten dort auch eine Art Billardzimmer.«

»Und welche Beziehung hatte dieser Rittmeister zu Virginia?«

Aus dem, was Spaldine erzählte, entnahm ich, daß der Rittmeister mehr Informationen aus Spaldine herausholte als Spaldine aus ihm. Der Rittmeister schien ein ziemlich windiger Typ zu sein, so wie Spaldine ihn beschrieb, aber ein paar Worte von Spaldine hätten sogar aus dem Erzbischof von Canterbury einen regelrechten Gauner gemacht.

Der Rittmeister hatte Spaldines Frage nach Virginia übergangen, so wie Spaldine meiner Frage nach ihr ausgewichen war. Sie hatten sich über die schlechte Wirtschaftslage unterhalten.

Eine hexenartige Frau mit rotgefärbten Haaren war erschienen, hatte sich eine Zigarette angezündet und Spaldine in Augenschein genommen. Sie fragte ihn, ob er zum Lunch bleiben wolle – worauf der Rittmeister mit einem scharfen »Nein!« geantwortet hatte –, und sie war dann ohne ein weiteres Wort wieder hinausgeschwebt; Spaldine meinte, er würde jede Wette annehmen, daß die Hexe nicht die Frau des Rittmeisters gewesen sei.

»Was hat er denn nun über Virginia geäußert?«

Spaldine hatte das Gespräch dann auf Virginia gebracht, und der Rittmeister erzählte ihm, sie sei seine Tochter – seine einzige Tochter; nach seiner zweiten Heirat sei sie etwas schwierig geworden; schließlich habe sie das Haus verlassen – und das schon vor vielen Monaten, wie Spaldine vermutete – mit dem Gelöbnis, daß sie nie mehr zurückkommen werde. Sie hatte versucht, das Haus in Brand zu setzen.

Das Abstoßende dieser Geschichte war natürlich weitgehend dem Charakter der Person zu verdanken, die sie erzählte, jedoch gab es gewisse Teile, die mir ziemlich seltsam vorkamen. Selbst wenn man annehmen konnte, daß Spaldine keine eigenen Lügen eingebaut hatte, war nicht zu entscheiden, inwieweit die Geschichte nicht doch eine Erfindung des

Rittmeisters war. Spaldine hatte von ihm gesagt, daß er eine Art militärischen Hausmantel getragen habe, und irgendwie reichte diese Einzelheit allein schon aus, um vor meinen Augen eine Karriere auferstehen zu lassen, die von Gewissenlosigkeit durchzogen war. Ich hatte das Gefühl, jener verborgenen Quelle des furchtbaren Leids nahe zu sein, das, wie ich überzeugt war, Virginia irgendwann in ihrer Vergangenheit zugefügt worden war.

Solche Überlegungen kamen Spaldine gar nicht in den Sinn. Er fuhr mit seinem Bericht der Entzauberung fort.

Immer noch die Schwester verfolgend – und nun noch entschlossener als vorher, vermutete ich –, war er mit dem Rad nach Nottingham gefahren und hatte an die Tür in der Union Street gehämmert. Die Schlampe – von Spaldine als »kleiner Honigtopf in rosa Plüschpantoffeln« beschrieben – hatte ihm aufgemacht und ihn zu Virginias Zimmer im oberen Stockwerk gebracht. Virginia war da und erschrocken, ihn zu sehen. Er schäumte vor Wut und veranstaltete einen mittleren Aufstand, in dessen Verlauf sie in Tränen ausbrach. Später beruhigte sie ihn und sagte, daß sie, selbst wenn ihre Lage nicht ganz der entsprach, die sie ihm geschildert hatte, ganz gewiß auch nicht so war, wie ihr Vater sie dargestellt hatte. Er wäre ein grausamer Mensch, der sie und ihre Mutter davongejagt hätte, damit er mit der rothaarigen Frau in Sünde leben konnte. Er sei im Augenblick bemüht, sie um das Geld zu bringen, das ihr im Testament ihres Großvaters vermacht worden sei.

Die ganze Zeit über, während Spaldine sich über die Lügen erregte, die Schwester Traven ihm erzählt hatte, und den Schaden beklagte, den sie ihm zugefügt hatte, war mir bewußt, daß mein Haß auf Spaldine ständig wuchs. Er bezeichnete sie als miese Schlange; offenbar hatte er Virginia bedroht und sie auch noch in der Union Street gebumst, als er sie schon längst verabscheute. Wenn ich überlegte, daß ich ihn in Nottingham getroffen hatte, an eben diesem Tag, kurz nachdem er bei ihr gewesen war, und daß ich ihn zu einer Tasse

Kaffee eingeladen und nicht den geringsten Verdacht gehabt hatte!

Was ich für Virginia empfand, war eine andere Sache. Ich war in diesem Augenblick völlig unsicher, was ich empfinden sollte; da war nur ein tiefes Meer von Trauer, das mich erfüllte, aber zum Teil rührte es daher, daß ich unendlich bedauerte, daß sie sich mit Spaldine eingelassen hatte.

Andererseits war es jedoch klar, daß viele Anklagen Spaldines, die er gegen sie vorbrachte, grundsätzlich zutrafen. Virginia hatte jeden getäuscht. Der reiche Oberklassen-Hintergrund, den sie geschildert hatte, war ein Märchen – wie ich selbst hätte erkennen müssen, wenn ich etwas mehr Erfahrung in solchen Dingen gehabt hätte. Ich hätte nur ihre abgetragenen Kleider und die schäbigen Zimmer betrachten müssen, in denen sie leben mußte.

»Ist dir klar, daß diese Schlampe es im Augenblick noch mit jemand anderem treibt?« sagte Spaldine. »Sie ist doch nur hergekommen, weil sie in Nottingham nicht genug bekommen konnte.«

»Sie darf doch leben, wie sie will, oder?«

»Komm mir nicht mit solchem Blödsinn! Sie hat mir gegenüber – na schön, von mir aus auch uns gegenüber – eine Verpflichtung, oder etwa nicht? Mir gegenüber sowieso. Nur weil sie aus der Schule rausgeflogen ist...«

»Wie bitte? Sie wurde rausgeworfen? Bist du sicher? Sie hat mir nie erzählt, daß sie gehen mußte...«

»Sie hat dir überhaupt nichts erzählt, Stubbs!«

»Sie sagte, sie wolle in den Sanitätsdienst eintreten.«

»Ach, hat sie das? Mir hat sie erzählt, sie sei nach London gegangen, um als Zeugin in irgendeinem Scheidungsprozeß auszusagen, in den eine Freundin von ihr verwickelt sei.«

»Nun, das hat sie mir gegenüber auch erwähnt – vielleicht stimmt beides.«

»Paß mal auf, nichts davon stimmt, du Dummkopf! Ich vermute, sie hat einfach die Fliege gemacht.«

»Hast du einen Beweis?«

»Ich vermute, der Direktor hat herausbekommen, was sie trieb. Himmel, Mann, sie muß die gesamte Oberstufe irgendwann mal drübergelassen haben. Jemand vom Lehrkörper hat das sicherlich entdeckt.«

»Das sind ja alles nur Vermutungen, und du hast kein Recht, so etwas laut zu sagen. So wie ich es sehe, hast du auch kein Recht, ihr Haus zu beobachten und den ersten besten fertig zu machen, der herauskommt.«

Er schwankte zur Bar und kaufte zwei weitere Halbe Bier und ein Päckchen Woodbines. Ich beobachtete ihn und stellte fest, wie ungeheuer reizlos dieser Kerl war. Das Haar stand ihm wild vom Kopf ab, seine Nase war knubbelig und häßlich und seine Hose schmutzig von unserer Prügelei. Zweifellos sah ich selbst genauso schlimm aus. Die Knöchel meiner linken Hand bluteten heftig, und ich hatte sie mit einem schmutzigen Taschentuch umwickelt. Zwei armselige Jungmänner von siebzehn Jahren, Virginias Liebhaber. Die arme Virginia!

Spaldine stellte sein Bierglas ab und zündete sich ein Stäbchen an. Ich schnorrte eine Zigarette von ihm. Zwei alte Frauen beobachteten uns verstohlen, vermutlich animiert von Spaldines heftiger Gestik. Ich bedachte sie mit einem bösartigen Blick, verzog spöttisch den Mund, und sie schauten in eine anderen Richtung.

»Sieh mal, irgend etwas Krummes ist im Gange – sie steckt bestimmt mitten drin«, sagte Spaldine. »Ich weiß verdammt genau, daß da noch ein anderer Kerl ist, der es mit ihr treibt. Sie hat es abgelehnt, mich heute abend zu treffen, mußt du wissen. Sie will nichts mehr von mir wissen, das ist mal sicher.«

»Wäre es nicht besser, du würdest mit dem Schlimmsten rechnen? Du kannst sie schließlich nicht zwingen« – ich schluckte – »dich zu lieben.«

»Bist du eigentlich blöd? Paß mal auf, ich dachte, wir können gemeinsam in dieser Sache etwas unternehmen. Wir legen uns einen Plan zurecht, okay? Wenn wir zu zweit sind, ist es einfach. Wir können abwechselnd ihre Wohnung beobachten. Gewöhnlich verläßt sie sie morgens. Anstatt ihr zu folgen, könnten wir in ihr Zimmer eindringen, während der andere Wache hält. Dann suchen wir den Namen und die Adresse dieses anderen Kerls ...«

»Nein! Spaldine, versuch das Ganze doch mal vernünftig zu betrachten ...«

»Nein, nun hör doch, du weißt doch gar nicht, was ich sagen will!«

»Ich möchte nicht ...«

»Hör doch zu! Ich wollte doch gar nicht sagen, daß wir hingehen und ihn verprügeln sollen. Ich glaube, das wäre nicht ganz richtig. Falsche Taktik! Wir gehen zu diesem anderen Kerl hin und jagen ihm einen Schrecken ein, klar?« Dabei blickte er mich mit funkelnden Augen an und wartete, daß sich die Begeisterung über seinen Plan auch auf meinem Gesicht ausbreitete.

»Scheiße!« sagte ich.

»Nein, verstehst du denn nicht... Sieh mal, wir können ihm doch die harten Burschen vorspielen, um ihm klarzumachen, daß man uns nicht für blöd verkaufen kann. Aber wir erzählen ihm außerdem alles über die Lügen, die Schwester Traven uns aufgetischt hat. Das sollte ihn doch endgültig von ihr abschrecken.«

»Warum? Hat es dich abgeschreckt, Spaldine?«

Er löste den Blick von mir und ließ ihn hinüber zur Bar wandern.

»Dann muß ich es eben allein tun.« Er nahm einen nachdenklichen Schluck von seinem Bier. »Du bist auch nicht mehr wert als ein fauler Fisch, Stubbs«, sagte er. Er leerte sein Glas, stellte es auf den Tisch und wischte sich die Lippen ab. »Ich möchte dich nicht mehr in ihrer Umgebung antreffen«, sagte er. Er stand auf, nickte gewichtig und marschierte durch die Tür hinaus.

Ich blieb sitzen, leerte langsam mein Bierglas und ging schließlich ebenfalls auf die Straße; wenn ich mich beeilte, konnte ich mir doch noch in meiner Bäckerei eine Pastete besorgen. Ich konnte mir den Kopf immer noch zerbrechen und furchtbar leiden, wenn mein Magen nicht ganz so leer war.

Tatsächlich protestierte mein Magen in dem Augenblick, in dem er mit der Pastete gefüllt war. Meine Eingeweide hatten während der Episode mit Spaldine wahre Eisstürme aushalten müssen. Nachdem ich die Bäckerei verlassen hatte, mußte ich schnellstens die nächste öffentliche Toilette aufsuchen.

Es war eines dieser unterirdischen Londoner Etablissements, und ich hockte mich auf den Toilettensitz in meiner Kabine nieder und ließ das unterirdische Leben auf mich einwirken. Meine Reise in diese verdammte Hauptstadt sollte eine großartige Geste der Liebe sein; aber jeder war so sehr in die animalische Hetze seines eigenen Lebens vertieft, daß niemand es bemerkt hatte. Niemand. Nur mein Magen, der sich leerte, gab mir irgendwelche Hinweise darauf, daß die Geste überhaupt jemals ausgeführt worden war.

Überall um mich herum sah ich weitere endgültige Liebeserklärungen. Außer den üblichen Prahlereien über Länge und Häufigkeit von Orgasmen und den üblichen Bitten um schnellstmöglichen intimen Kontakt mit achtzehnjährigen RAF-Piloten waren verschiedene Krankengeschichten an den Kabinenwänden zu lesen. Eine handelte von einem Burschen, der am Sonntagmorgen ein Zeitungsgirl in seine Küche lockte und es ihr auf dem Küchentisch mit dem Mund machte. Eine fing an: »Mein Bruder, der kleine, liebt die Handelsmarine, die feine, und wenn er nach Hause kommt, greift er mir zwischen die Beine...« Ich las die literarischen Ergüsse mit mildem Interesse, während ich mir den Hintern abwischte. Rechts von mir befand sich an der Wand eine mit Bleistift geschriebene Botschaft: »Warum scheißt du hier, wenn nebenan die besseren Geschichten zu lesen sind?«

Das ist die Geschichte meines Lebens, dachte ich.

Mein »Virginia-Tagebuch« hatte die Reise nach Süden mitgemacht. Auf meinem Bett sitzend, verbrachte ich einige

Stunden damit, es auf den neuesten Stand zu bringen und zu versuchen, das, was ich erlebt hatte, irgendwie mit Sinn zu füllen.

Ich sehe jetzt mit einem gewissen Glücksgefühl, daß ich sogar noch zu diesem Zeitpunkt recht gnädig mit Virginia umging, obwohl ich glaubte, daß die Gesellschaft mir die Verpflichtung aufzwang, sie eher streng zu beurteilen und sie für ihre Lebensart zu hassen; aber das waren Überreste einer Art zu urteilen, wie sie von der vorigen Generation gepflegt wurde. So naiv meine Empfindungen auch waren, sie endeten mit einem Satz, der mich heute zutiefst befriedigt: »Ich habe Virginia niemals irgendein Geschenk gemacht (mehr aus Armut als aus Bosheit), und auch sie hat mir nie etwas geschenkt, trotzdem hat sie mir mehr gegeben, als ich mit Worten ausdrücken kann.«

Das war voll und ganz mein Ernst.

Ich entschied, daß Virginia mich genauso wenig wie Spaldine sehen wollte; daher wollte ich einfach aus ihrem Leben verschwinden. Wenn das ihr Standpunkt war, dann war mir das nur recht; wir waren jetzt in London und nicht mehr in Branwells, und sie wollte mich ebenso wenig in ihrem Bett haben wie ich Brown in meinem; die Umstände hatten alles andere geändert. All das war vielleicht kleinmütig; es war nicht unbedingt unnatürlich, unter den gegebenen Umständen ein Gefühl der Niedergeschlagenheit zu entwickeln. Ich haßte sie nicht – sondern alles, was ich an Haß aufbrachte, richtete sich gegen den widerwärtigen Spaldine.

Da ich ziemlich am Boden zerstört war, holte ich meinen Tröster hervor und fing an, ihn zu reiben, betrachtete ihn liebevoll und dachte daran, wie perfekt er zu Virginias und meinem Vergnügen in ihrem kleinen Nest funktioniert hatte, das zu betrachten sie mir niemals erlaubt hatte. Allein bei dem Gedanken richtete ich mich in Habachtstellung auf. Ich begeisterte mich mehr und mehr für diese Vorstellung. Nachdem der Krampf der Lust meinen Körper durchgeschüttelt hatte, stieg ich ins Bett und schlief.

Während der nächsten ein oder zwei Tage tat ich so, als hätte eine neue Phase meines Lebens begonnen. Ich vertiefte meine Kontakte zu einer Miss Tregonin, einem Mädchen aus Cornwall mit einer Unmenge von Sommersprossen, die jünger war als ich und mit mir im Amt am gleichen Sortiertisch arbeitete. Ich hatte nicht die Absicht, meinen Schwanz zwischen die Beine zu klemmen und trübsinnig nach Hause zu schleichen.

Am Samstag kam ein Brief von Virginia, geschrieben auf violettem Notizpapier, in dem es hieß, daß sie große Schwierigkeiten habe und daß sie mich gegen Mittag des gleichen Tages vor der Nationalgalerie erwarte. Wir könnten gemeinsam den Lunch einnehmen.

»...in Schwierigkeiten, *aber* ich möchte dich sehen...« Nicht »...in Schwierigkeiten *und* würde dich gerne sehen...« Warum dieser Unterschied, und hatte sie ihn bewußt gemacht? Was, um Gottes willen, waren Schwierigkeiten?

Und dann diese seltsame Zeit für ein Treffen. Zu Mittag. Unser Betrieb machte seine Tore nicht vor Mittag zu, daher konnte ich es bis zur Nationalgalerie allenfalls bis 12.15 Uhr schaffen. Ich stellte mir die zerbrechliche kleine Gestalt zwischen den mächtigen Säulen vor; würde sie auf mich warten? Konnte sie es überhaupt? Was waren die verborgenen Zwänge in ihrem Leben, die sie niemals in Ruhe ließen? Ich erinnerte mich an das, was ich intuitiv zu wissen glaubte: Irgendwie war Virginia zutiefst verletzt worden.

Daher schlich ich mich um 11.40 Uhr aus dem Betrieb, in der Hoffnung, daß niemand mich erwischte, und Virginia tauchte gegen halb eins vor der Galerie auf.

Der Zufall wollte es, daß die Galerie an diesem Tag wegen, wie es euphemistisch genannt wurde, »baulichen Veränderungen« geschlossen war. Die meisten Bilder wurden in Kisten verpackt und irgendwohin aufs Land gebracht. Der Trafalgar Square bot einen ernüchternden Anblick mit Sandsackwällen an allen Ecken und einem großen Wassertank mitten drin und anderen Beweisen für eine kriegsbedingte Bereitschaft, auch das Schlimmste zu überwinden. Wie alle anderen trugen Virginia und ich unsere Gasmasken in eckigen kleinen Behältern bei uns.

Wir aßen in einem billigen Restaurant unweit der Charing Cross Station. An den Fenstern gab es Netzvorhänge, durch die eine winterliche Sonne ihre Strahlen zu schicken versuchte. Wir lächelten uns an und wußten nicht, was wir sagen sollten.

Sie machte gar nicht den Versuch, die seltsamen Umstände unserer letzten Zusammenkunft zu entschuldigen. War sie sich überhaupt bewußt, wie mies ich mich damals gefühlt hatte? Ziemlich kurzangebunden fragte ich sie, welcher Art Schwierigkeiten sie hätte.

»Dir fehlt die Erfahrung, Horry, um zu wissen, wie kompliziert das Leben sein kann«, fing sie an.

»Ich habe mehr Erfahrung, als du dir vielleicht vorstellen kannst, Virginia. Ich bin kein Kind mehr, wie ich dir schon einmal erklärt habe.« Erst viel später begriff ich, daß diese Erklärung auf sie vielleicht nicht die Wirkung hatte, die ich beabsichtigte. Zu diesem Zeitpunkt war ich mir meiner Jugend bewußt und der Tatsache, daß sie, wenn sie wirklich in Schwierigkeiten war, einen Mann als Hilfe brauchte; später wurde mir klar, daß sie befriedigende Beziehungen nur mit Jungen unterhalten konnte – genaugenommen mit Kindern, auf die ihr sanfter, fast nicht vorhandener Charakter in irgendeiner Form einwirken konnte und die auf ein Vertrauen zu ihr bauten, das sie noch nicht einmal sich selbst gegenüber aufbrachte.

Sie sah mich zweifelnd an und legte dabei den Kopf auf eine Seite. Ich wurde in einer Weise abtaxiert, die ich nicht kannte. »Es tut mir leid, daß wir uns in London noch einmal sehen müssen. Hier ist alles viel komplizierter als in Branwells... Mein Leben ist furchtbar kompliziert. Du siehst ja selbst, wie weit ich in dieser Welt abgestiegen bin, wenn auch nicht aus eigener Schuld. Ich bin einfach dumm, wenn es um Geldangelegenheiten geht. Nun, da der Krieg ausgebrochen ist, wird alles für mich noch schwieriger. Ich kann froh sein, in Josie eine so gute Freundin gefunden zu haben.«

Ich ergriff ihre Hand und sagte: »Virginia, Liebling, du hast auch in mir einen guten Freund. Ich bin nicht nur irgendein Bursche, der mit dir schläft und dann spurlos verschwindet – ich liebe dich, ich möchte dir helfen.«

»Du darfst dieses schlimme Wort nicht sagen, Schatz! Du bist ein lieber Junge, aber du kannst mir nicht helfen.«

»Woher willst du das wissen? Sag mir, welcher Art die Schwierigkeiten sind, in denen du steckst! Ich bin schließlich ganz allein hier – ich kann dir also helfen, wo und wann immer es nötig ist! Ich bin ja sogar nur deshalb nach London gekommen. Natürlich bin ich im Augenblick selbst etwas knapp bei Kasse...«

Die Kellnerin kam, und wir mußten schweigen. Wir saßen da und sahen uns an, während die Suppenteller gebracht wurden. Dann sagte sie: »Ich werde in Josies Wohnung Tag und Nacht beobachtet. Es ist ihr Vetter – der, den du schon gesehen hast. Ich weiß, daß er irgendwie mit der Scheidung zu tun hat. Sie haben einen Mann abgestellt, der mich beobachten soll, diese Rechtsverdreher. Ich glaube, er hat eine Pistole in der Tasche.«

»Ist er dir hierher bis zu diesem Restaurant gefolgt?«

»Das glaube ich nicht. Ich bin auf dem Weg in eine Reihe Kaufhäuser gegangen, die ich dann durch einen anderen Ausgang verlassen habe. Deshalb hatte ich mich auch etwas verspätet.« Demnach hatte sie sehr wohl bemerkt, daß sie zu spät gekommen war.

»Virginia, ich möchte dir etwas sagen. Ich möchte, daß dir klar ist, daß ich dich innig liebe. Es ist nicht nur ein sexueller Reiz. Ich weiß sehr wohl über den Altersunterschied zwischen uns Bescheid, aber er bedeutet mir nichts – ich liebe dich so, wie du bist. Und ich weiß mehr über dich und dein Privatleben, als du vielleicht ahnst. Das ändert alles nichts an meinen Gefühlen für dich.« Ich sagte das ziemlich hastig, denn ihr Gesichtsausdruck schien sich verändern zu wollen.

Es war nur eine winzige Veränderung, etwas derart Flüchtiges – und dann starrte sie auf die Tischdecke.

Der intuitive Kern in mir spürte, wie sie sich veränderte, aber ich setzte mich natürlich darüber hinweg und fuhr fort: »Es stimmt, daß du beobachtet wirst, Virginia, aber nicht aus Gründen, die du dir vorstellst. Du wirst von Christopher Spaldine überwacht, und er hat nichts Gutes vor. Er hat mit niemandem im Haus etwas zu tun, aber er möchte sich an dir rächen.«

Mit einem schwachen Lächeln sagte sie: »Christopher Spaldine? Er war doch einer von den Jungs in der Kunst-AG, nicht wahr?«

»Er war einer deiner Liebhaber, Virginia!«

Sie starrte weiterhin auf meine Schulter, ohne ihre Miene zu verändern.

Ich redete weiter, bot ihr an, sie zu beschützen, und ich weiß nicht was sonst noch alles; aber ich hatte jeglichen Kontakt zu ihr verloren.

Die Mahlzeit war ein totaler Fehlschlag.

Wir zahlten die Rechnung, jeder die Hälfte, weil sie darauf bestand, und gingen hinaus. Sie schritt ziemlich forsch aus, wobei ihr kurzgeschnittenes Haar fröhlich wippte und sie den Kopf ganz leicht schräg hielt. Um uns herum wimmelten andere Menschen, sie konnte leicht zwischen ihnen verschwinden.

»Komm und bleib die Nacht über bei mir, Virginia. Bitte – laß mich dich noch einmal in den Armen halten, so wie ich es früher immer getan habe.«

Ich war entsetzt von der Art und Weise, wie sie sich bewegte; sie hielt sich völlig starr und ging zu schnell. Ich schaffte es, sie in einen Schreibwarenladen zu schieben, und redete ernst auf sie ein. Sie stand vor mir und zupfte an einem Faden ihres Mantels, während ich gleichzeitig versuchte, die Dinge, die Spaldine mir erzählt hatte, aufzuzählen und für erledigt zu erklären.

Sie sah mich an und lächelte schief. Dazu meinte sie: »Wir

sollten lieber aufhören, uns zu sehen, Horry, wenn du tatsächlich diese schlimmen Dinge glaubst, die Spaldine über mich gesagt hat.«

Das haute mich um. Mitten in meine gestammelten Erklärungen hinein sagte sie: »Liebling, ich will dich nicht verletzen – du warst immer ein so lieber Kerl. Aber wenn du irgendwelchen Kontakt zu all diesen anderen Menschen hast, dann darf ich mich mit dir nicht mehr abgeben.«

Ihr Gesicht hatte einen harten und entschlossenen Ausdruck, als sie sprach.

All diese anderen Leute... Tränen der Verzweiflung traten in meine Augen. Ich umklammerte ihren kindhaften Körper. Zwei Verkäuferinnen standen hinter der Theke, grinsten verstohlen und schienen ihren Spaß an unserer Vorstellung zu haben.

»Hör zu«, zischte ich genauso wie Spaldine, »komm mit! Laß alles zurück! Wir ziehen in einen anderen Teil Londons. Wir suchen uns eine kleine Wohnung – ich schreibe Vater, er soll mir Geld schicken. Du wirst keine Sorgen mehr haben, das schwöre ich. Ich werde nie von deiner Seite weichen. Wir beginnen gemeinsam ein neues Leben!«

»Ich muß gehen, Horry, wirklich. Du weißt, daß ich nicht mit dir leben kann, wenn du ein Freund von Spaldine bist – ich habe Beweise, daß er von meinem Vetter bezahlt wird.«

In ihrer Erregung stieß sie sich von mir ab und eilte aus dem Laden. Während sie schnell ausschritt, knöpfte sie ihre Handschuhe zu, und es schien furchtbar wichtig zu sein, daß sie zugeknöpft waren. Ich stand einen Augenblick völlig verwirrt und ratlos da. Ich wußte, es war hoffnungslos. Dann mußte ich ihr folgen, sonst wäre sie für immer verschwunden.

Ich eilte an den grinsenden Verkäuferinnen vorbei. »Blöde Eulen!« zischte ich.

Virginia ging langsam über den Strand. Unfähig, mir zurechtzulegen, was ich zu ihr sagen sollte, hielt ich mich ein oder zwei Schritte hinter ihr. Sie wandte sich nach links und bog in eine der Seitenstraßen ein, die zum Themseufer hinunterführten. Vielleicht wollte sie in die Themse springen?

Sie zuckte zusammen, als ich behutsam ihren Arm berührte.

»Verzeih mir, wenn ich dich irgendwie aufgeregt habe, liebste Virginia! Ich hasse Spaldine bis aufs Blut – ich sagte dir ja, er hat mich angegriffen, daher wird er mich genauso hassen. Außer ihm kenne ich keine einzige Person, die dich kennt. Dein früheres Leben geht mich nichts an, Virginia. Ich liebe dich. Weise mich nicht ab!«

»Du bist sehr lieb«, war alles, was sie sagte. Wir gingen schweigend nebeneinander her. Dann blieben wir stehen und schauten über die Themse.

Der intuitive Kern in mir spürte, daß sie nach einer Möglichkeit suchte, mich endgültig loszuwerden. Ich machte einen Fehler, den ich einige Jahre später noch gründlicher wiederholen sollte. Ich bat sie, mich zu heiraten.

Sie stand da, an mich gelehnt, den Kopf gesenkt, als ich ihren Arm durch den dünnen Mantel ergriff – eine ziemlich lächerliche Haltung, glaube ich.

Schließlich schaute sie zu mir auf mit einem Gesicht voller Liebe und Zärtlichkeit. Sie sagte: »Was für eine erstaunliche Geschichte haben wir hinter uns, Horry! Du bist ein wunderbarer Mensch, wir waren doch wie zwei kleine Kinder, nicht wahr? Aber ich habe dich ganz schlimm hintergangen. Bitte sei mir nicht böse. Ich habe dich immer gewarnt, daß das Leben weitaus komplizierter ist, als du denkst. Mein eigenes Leben ist einfach zu kompliziert, als daß jemand anderer es verstehen würde. Ich schulde einigen Leuten bereits mehrere tausend Pfund – und mit solchen Schulden würdest du niemals fertig. Du könntest sie nicht bezahlen.«

»Sagst du mir auch die Wahrheit?«

»Ich fürchte, es ist nur zu wahr. Aber ich kann dich aus einem anderen Grund nicht heiraten. Ich bin bereits verheiratet. Mein Mann war ein schlimmer Spieler, und ich habe jetzt seine Schulden am Hals...«

»Du bist verheiratet...« Ich fühlte mich wie ein Ertrinkender. Keine Luft gelangte in meine Lungen.

»Es war falsch von mir, dir nichts zu sagen, Liebling, als du so lieb zu mir warst. Jeder, der sich mit mir einläßt, muß am Ende leiden.«

Sie ergriff meine Hand und küßte sie, schaute mich dabei fast ängstlich an und eilte dann davon. Mit schnellen, leichten Schritten ging sie den Weg zurück, den wir gekommen waren. Ich schaute ihr nach, während sich meine Gefühle in mir zu einem unentwirrbaren Knoten verbanden. Sie blickte noch einmal zurück, ehe sie verschwand. Ich fing an zu weinen und vergrub das Gesicht in den Händen.

War sie wirklich verheiratet? Noch vor einem Monat hätte ich ihr geglaubt, wenn sie mir erklärt hätte, sie sei eine deutsche Spionin. Nun wußte ich nicht mehr, was ich glauben sollte. Wenn sie das gesagt hatte, um mich zu erschüttern, dann hatte sie mit dieser List Erfolg. Ich war am Boden zerstört. Es gab nichts, was ich für sie hätte tun können; ganz gleich, was ich unternahm, sie würde jede meiner Handlungen als feindlichen Akt ansehen, als Teil der allgemeinen Verschwörung gegen sie. In ihrer Welt der Lügen war kein Platz mehr für die Wahrheit.

Wie würden Sie Virginia Traven beurteilen? Jahrelang hatte ich nicht den Versuch unternommen, ein Urteil über sie zu fällen. Sie hatte mir weh getan, aber Schmerz scheint ein wesentlicher Teil menschlicher Beziehungen zu sein, und sie hatte sicher nicht die Absicht, Schmerzen zuzufügen – in fast jeder Situation war sie die Leidende. Und was ihre Lügen betraf, so hatten sie meine enge kleine Welt bereichert und erweitert.

Bleibt am Ende noch der sexuelle Aspekt der Angelegenheit. Welchen Schaden hatte sie den Jungen zugefügt, die sie verführt hatte, den Jungen, mit denen sie so bereitwillig und heimlich ins Bett gegangen war? Was mich angeht, so war ich begeistert, verführt zu werden, ich dürstete geradezu danach, ich gab mir sogar große Mühe, mich verführen zu lassen. Das Gleiche traf sicherlich auch auf den unangenehmen Spaldine und Engelsgesicht Knowles zu. Virginia war keine Furie, die alles verschlang, was ihr begegnete. Sie wandte sich nur denen zu, die auf sie zugingen, und in ihrer Liebespraxis war nichts Perverses.

Sicher, Spaldine war durch seine Affäre etwas aus dem Gleichgewicht geraten; aber ich fand eindeutige Hinweise, wenn ich mich erinnerte, daß er schon aus dem Gleichgewicht war, lange bevor Schwester Traven zu uns kam. Er war einmal aus der Schule ausgerissen – einer von drei Jungen, die das jemals getan hatten; das mag einem vorkommen wie eine vernünftige Handlung gegen den Wahnsinn von Branwells, aber niemand, der Spaldine aufmerksam zuhörte, hätte ihn als einen scharfsinnigen Schüler betrachtet.

Und da war Knowles. Hatte er sich vielleicht durch seine erregende Verbindung mit Virginia eine Mutter-Fixation erworben? Er machte sich in seinem späteren Leben einen Namen als Bergsteiger, und ich las mit einem seltsamen Gefühl des Verständnisses in einem illustrierten Magazin, daß seine Frau »mehrere Jahre älter« sei als er. War das vielleicht ein Versuch, die Erfahrung mit Virginia wiederaufleben zu lassen, sie zu wiederholen? Vielmehr neige ich dazu zu glauben, daß er schon lange vorher in dieser Richtung Interesse entwickelte, oder warum sonst hatte er sich von Virginia angezogen gefühlt?

Virginia hatte entscheidende Vorzüge gegenüber allen anderen Mädchen, die ich damals kannte, und der erste und wesentlichste war wohl ihre Erfahrung. Sie war längst aus dem Alter heraus, in dem man sich schämte oder Sex als einen schmutzigen Witz betrachtete. Ich war jedoch noch in diesem Alter, desgleichen meine Freundinnen, wie zum Beispiel Esmeralda. Die Liebe war für Virginia und infolgedessen auch für ihre bevorzugten Jungen eine angenehme und durchaus besänftigende Sache. Auf ihre bescheidene Art war sie eine

Expertin; und Sachkenntnis ist wirklich die Butter auf dem Brot des Sex.

Es ist seltsam, am Ende doch noch über das Thema Virginia zu schreiben. Sie verschwand vor achtundzwanzig Jahren aus meinem Leben, dennoch hatte sie eigentlich nie völlig in diesem Leben gefehlt, selbst wenn ich monatelang, vielleicht sogar jahrelang nicht an sie gedacht habe. Nun, da ich mich mit diesem Thema beschäftigte, kann ich kaum wieder davon lassen.

Ich liebte Virginia aufrichtig. Ich liebte sie nicht allein wegen des Sex. Bevor ich von all ihren Lügen erfuhr, glaubte ich, daß sie von Grund auf gut, fast so etwas wie eine Heilige war. Ich kann immer noch genau erkennen, wie und warum ich sie für so wunderbar hielt, obgleich irrelevante Elemente wie ein gewisser Snobismus mein Urteil beeinflußt hatten – denn sie konnte eigentlich nie wohlhabender gewesen sein als meine Familie, und daher war die schlichte Art und Weise, wie sie mit mir kleine, schäbige Cafés besuchte, nicht ein besonders elegantes Beispiel von Liberalität, wie ich damals angenommen hatte, sondern eine alte Gewohnheit.

So kehre ich nun zu meinen ersten intuitiven Vermutungen über sie zurück – daß sie irgendwann zutiefst verletzt wurde. Irgend etwas in ihrer Kindheit hatte ihren gesamten späteren Lebensweg völlig durcheinandergebracht... ein solches Urteil ist heutzutage derart zum Gemeinplatz geworden, daß es von den Intellektuellen gerne herablassend beiseitegeschoben wird. Aber die grundlegende Beobachtung, daß Ungerechtigkeiten in der Kindheit Menschenleben verkorksen können, hat wenig dazu beigetragen, die allgemein vorherrschende Meinung zu beeinflussen, die nach einem älteren und weitaus primitiveren Prinzip ausgerichtet ist, nämlich daß Rache süß ist und daß jede Sünde bestraft werden muß. In vielen Fällen ist die Bestrafung erst der Auslöser der Sünde.

Aber ich weigere mich, Virginia mit solchen trockenen Lehrbegriffen zu belegen. Irgend etwas hatte ihr in ihrer

Kindheit furchtbar zugesetzt – zweifellos lag es auch in ihrer Natur, daß sie leicht verletzt werden konnte. Als Erwachsene hätte man sie vermutlich als Paranoikerin eingestuft, glaube ich.

In meiner jugendlichen Sicht war sie nichts von alledem; sie war nur sie selbst, eine Frau, in deren Armen ich zum erstenmal Schönheit und Befreiung gekostet hatte und durch die ich erst mein besseres Ich entdeckte.

Sie ließ mich an der Themse stehen. Mir kam es so vor, als würde ich mich nie mehr erholen können, als hätte ich zuviel verloren. Nach einer kleinen Weile kam es mir in den Sinn, daß ich hinter ihr herlaufen könne, daß ich sie festhalten, sie zwingen könne, mir zu glauben und die Wahrheit zu erzählen. Aber mittlerweile war es dazu zu spät.

Den Rest des Tages wanderte ich durch die City. Die schmerzhaften Störungen des Lebens, unter denen alle Städte Europas litten, waren auch in der Hauptstadt Englands festzustellen. Sandsackbarrikaden wurden errichtet; die Brunnen auf dem Trafalgar Square waren abgestellt. Eine Kompanie Soldaten marschierte nach Westminster; ich blieb stehen, beobachtete ihren Vorbeimarsch und betrachtete die ernsten Gesichter der Männer, denen jegliche Individualität fehlte. Die ersten Kinder wurden bereits aufs Land evakuiert. Ihr Platz wurde von Männern in Uniform eingenommen.

Vergeblich hielt ich Ausschau, ob ich zufällig Nelson irgendwo entdeckte. Aber eigentlich war es mein Vater, den ich bei mir haben wollte. Vielleicht kam er nach London und überredete mich, wieder nach Hause zurückzukehren...

Die Nächte machten sich breit. Sobald die Sonne unterging, kam die Verdunkelung zum Zuge.

Ich hatte angefangen, meine Melancholie zu genießen, doch der Hunger überwältigte mich. In diesen Tagen war ich ständig hungrig. Ich hatte mich halb verlaufen und tat so, als ob ich mich völlig verirrt hätte. Auf dem Weg zu meinem bevorzugten Bäcker- und Pastetenladen trank ich eine Tasse Tee an einer der Holzbuden auf Rädern, die auf dem Leicester

Square standen, und genoß es, mich unter den total Heruntergekommenen und Hoffnungslosen aufzuhalten. Erst als ich meine Pastete verzehrt hatte, stellte sich bei mir wieder die Bereitschaft zum Handeln ein.

Virginia hatte mir Josies Nachnamen genannt. Mit etwas Glück würde ich sie im Telefonbuch finden, desgleichen ihre Nummer. Ich konnte Virginia anrufen; der nächste Tag war ein Sonntag. Wir hatten die Möglichkeit, uns wieder zu treffen. Irgendwie mußte ich sie überzeugen, daß ich nicht zu der Verschwörung gehörte, die nach ihrer Einbildung gegen sie im Gange war. Ich würde dafür sorgen, daß sie meine Unschuld erkannte.

Bei Lou Stevenson, meiner Zimmerwirtin, lieh ich mir das Telefonbuch aus, fand Josies Nummer und rief an. Ich wußte, daß Virginia nur ungern telefonierte. Vielleicht betrachtete sie das Gerät als unheimliches Instrument; aber diesmal war es ein notwendiger Schritt.

Josie hob ab. Ich erkannte ihre träge Stimme sofort.

Ohne nachzudenken, sagte ich: »Ich habe ein Geschenk für Virginia. Sagen Sie ihr, ich muß sie morgen um elf Uhr vormittags sehen. Sie muß kommen, denn ich verlasse London in Kürze.« Ich nannte ihr den Namen einer Kirche, die ich unweit ihrer Wohnung gefunden hatte; eine Kirche als Treffpunkt schien mir eine raffinierte Idee zu sein.

Obwohl ich ihr nie etwas mitgebracht hatte, wußte ich, daß sich Virginia über ein Geschenk wie ein Kind freuen würde. Als ich mich am Sonntagvormittag auf den Weg machte, um sie zu treffen, sagte ich mir reichlich verspätet, daß ich lieber doch ein Geschenk mitnehmen sollte, für den Fall, daß sie sich tatsächlich einfand.

Ich hatte nichts, was ich ihr hätte geben können, und ich hatte kein Geld, von dem ich ihr etwas hätte kaufen können. Für einen Moment erwog ich sogar, ihr ein Stück von Lous Modeschmuck zu stehlen. Dann erinnerte ich mich daran, daß ich in meiner Brieftasche einen kleinen silbernen Behälter hatte, den meine Mutter mir zu meinem fünfzehnten Geburtstag geschenkt hatte und der als Hülle für Briefmarkenheftchen diente. Eigentlich hatte ich immer meinen Namen darauf eingravieren lassen wollen, aber glücklicherweise hatte ich das bis jetzt nicht getan. Virginia konnte das gute Stück haben.

Gedankenlos hatte ich einen Zeitpunkt ausgewählt, an dem in der Kirche ein Gottesdienst stattfand. Eine große Traurigkeit legte sich auf mein Gemüt, als ich auf der breiten, menschenleeren Treppe stand und über den Hyde Park hinwegschaute und hinter mir gedämpftes Orgelspiel hörte. In gewisser Weise wünschte ich mir, daß mein Plan mißlang; ich wollte Virginia verlieren, wollte, daß alles verdarb und zerbräche. Das wäre nur gerecht und den schlimmen Jahren angemessen, die hinter mir lagen.

Als ich sie herankommen sah, vergaß ich das alles und wußte, daß ich wenigstens noch etwas Kraft hatte, um zu kämpfen.

Was für eine Freude, sie wiederzusehen, müde und tapfer und klein und mir zum Gruß zunickend! Ich lächelte und ergriff ihre Hand.

»Zur Messe kommen wir wohl zu spät, Virginia! Laß uns im Park spazierengehen.«

»Josie hat mich gehänselt und meinte, es würde mir gut tun, mal wieder in die Kirche zu gehen.«

»Vielleicht wäre es für uns beide das Beste. Mal schaun, ob wir es nächsten Sonntag rechtzeitig schaffen, ja?«

»Horry, ich bin nicht davon ausgegangen, daß ich dich nach dem, was ich gestern sagte, noch einmal wiedersehen würde. Ich kann im Augenblick nur wenig Zeit erübrigen, aber ich wollte nicht, daß du traurig bist, deshalb bin ich noch mal hergekommen.«

»Ich bin nicht traurig, Virginia. Es gibt noch etwas, das ich dir sagen muß.«

»Noch mehr, als du mir gestern schon gesagt hast?« Sie lächelte schmerzerfüllt.

Wir überquerten die Straße und gingen vertraut nebeneinander her und waren einstweilen froh, nicht reden zu müssen.

Als wir im Park waren, sagte sie: »Liebling, ich hätte nicht kommen sollen. Aber ich habe Angst. Um ganz ehrlich zu sein, ich fürchte mich, weiterhin im Haus zu bleiben. Auf der Straße sehe ich des öfteren einen Mann, der mich beobachtet – es ist nicht der, den du mir schon genannt hast, es ist ein anderer Mann. Ich bin sicher, daß er eine schwere Pistole bei sich hat. Ich habe Angst, daß sie mich töten werden.«

Ich konnte nicht feststellen, ob sie wirklich glaubte, was sie da erzählte. Indem ich versuchte, es als Scherz abzutun, meinte ich: »Das bildest du dir doch nur ein, Schatz.«

Vielleicht hatte auch sie sich die ganze Situation über Nacht durch den Kopf gehen lassen. Vielleicht erkannte sie, durch den Schleier all dessen, was sie sich einbildete, daß ich nicht zu der Verschwörung gehörte, die gegen sie gerichtet war. Vielleicht hatte sie gegen sich selbst gekämpft und gewonnen und war erschienen, um mir noch eine Chance zu geben.

Ich weiß es nicht. Aber ich hätte nicht zu ihr sagen sollen, daß sie sich alles nur einbildete! An ihrem Gesichtsausdruck erkannte ich, daß ich einen schweren taktischen Fehler begangen hatte.

»Du kennst meinen Vater nicht! Er ist ein gefährlicher Mann! Er würde mich und meine Schwester am liebsten erschießen lassen, um Großvaters Geld zu erben.«

Ich platzte heraus: »Du hast keine Schwester, Virginia!« Vielleicht hoffte ich, daß eine Schocktherapie bei ihr wirkte.

Sie ging weiter, redete wie ein Wasserfall, erklärte mir, daß ich mich in etwas einmischte, was ich nicht verstünde. Ihr Gasmaskenbehälter schlug bei jedem Schritt gegen ihre Hüfte. Während ich neben ihr herging, mußte ich insgeheim zugeben, daß sie trotz allem recht hatte; gestern war ich noch ahnungslos gewesen; heute hatte ich bereits meine Unschuld verloren und war in die Dinge verwickelt. Vielleicht hatte sie damit recht, daß sie Angst vor mir hatte, denn ich war ein Teil ihrer Welt, genauso wie Großbritannien schließlich auch in die weitaus schmutzigeren Wahnideen des Verrückten in Berlin hineingezogen worden war.

Daher unterbrach ich sie mitten im Satz und fragte sie: »Dann verrate mir nur eine einzige Sache – sag mir, ob du nur deshalb behauptet hast, du seist verheiratet, um mir weitere Enttäuschungen zu ersparen. Du bist gar nicht verheiratet, nicht wahr? Ich kann es nicht glauben.«

Wir blieben unter einem Baum stehen und schauten uns an. Ihre grauen unsteten Augen suchten irgend etwas in meinem Gesicht. Ich glaube, sie war nicht verheiratet; das hätte ihre flatterhafte Natur zu sehr eingeengt; und wahrscheinlich war das, was sie danach aussprach, das äußerste Eingeständnis, zu dem sie fähig war. Sie senkte den Kopf und murmelte die inhaltsschweren Worte: »Er hat mich schon vor langer Zeit verlassen.«

Die Worte mußten eine innere Wahrheit enthalten – vielleicht sogar einen Teil jener geheimen Wahrheit, der ich mir schon immer bewußt gewesen war.

Aus großer Ferne hörte ich mich selbst sagen: »Wenn du frei bist, Virginia, werde ich dich heiraten.«

Und aus großer Ferne erwiderte sie: »Von ihm werde ich niemals befreit sein.«

Es waren Worte des Abschieds. Ich stand da und beobachtete sie, als sie sich von mir zurückzog. Ich rief etwas, fing an zu rennen, schob ihr mein kleines silbernes Geschenk in die Hand. Sie ging damit weiter.

Indem ich Gebüsche umrundete und mich hinter Hecken und Parkbänken verbarg, konnte ich sie sehen, bis ihre zierliche Gestalt hinter einem Gebäude verschwand.

Sie tauchte in den Straßen von London unter, in diesen stillen grauen Sonntagsstraßen, mit ihrer Gasmaske, die an ihrer Hüfte baumelte, und ich sah sie nie wieder. Noch lange Zeit nachher, als ich andere Mädchen kannte, weitaus altmodischere, als ich eine Uniform trug und die Mädchen in schneller Folge kamen und gingen, erinnerte ich mich an Virginia –

entsann ich mich mit erstaunlicher Klarheit ihres geliebten Mangels an Lebhaftigkeit – und hatte Angst um sie, die ihren Weg durch diesen zweifachen Dschungel suchte: den realen Dschungel namens London und den Dschungel, den sie sich in ihrem Bewußtsein geschaffen hatte. Denn ich begriff, daß ihr überhaupt nicht zu helfen war.